미래가
보이는
일기장

"내 미래를 바꾼 게… 너야?!"

미래가 보이는 일지상

고혜원 지음

다인

차례

1장. 유품이거나 선물이거나 ＊9

2장. 전학생 나예윤 ＊31

3장. 혼자가 되지 않기 위해 ＊52

4장. 뒤바뀐 미래 ＊84

5장. 첫 번째 용의자, 어떤 거짓말 ＊98

6장. 두 번째 용의자, 엇갈린 마음 ＊129

7장. 세 번째 용의자, 말하지 못한 진실 ＊172

8장. 그날 ＊221

9장. 낙하 ＊248

10장. 우리가 선택한 결말 ＊265

작가의 말 ＊273

오늘의 날짜 : ??월 ??일 ?요일 / 오늘의 날씨 : 지나치게 맑음

아무리 시간이 지나도 기억에 선명히 남아 있는 순간이 있다. 나에겐 할아버지의 목소리가 그랬다. 내가 열두 살 때의 일이었다.

"아가야, 귀한 건 항상 숨겨 둬야 해. 햇빛도 바람도 들어오면 안 되거든. 그런 것들은 귀한 것을 상하게 하니까."

"그럼 볼 수가 없잖아요. 아무리 귀한 거면 뭐 해요. 아무도 모르는데."

"그치? 그게 참 이상하지? 가장 귀하고 반짝거리는 것이어도 보지 못할 수 있는 게."

그러고는 웃으셨다. 그때는 할아버지가 재미있으신가 보다 싶었다. 지금은 어쩌면 그 웃음 안에 내가 짐작조차 못할 마음이 담겨 있을지도 모르겠다는 생각이 든다. 그렇게 한참 웃다가 할아버지는 어린 내 어깨를 가볍게 붙잡고 말씀하셨다.

"그래서 세상은 이상한 거란다."

할아버지는 한마디로 괴짜였다. 다른 사람들이 버린 물건을 주워 집으로 가져오는 것이 할아버지의 일상이었다. 그리고 그렇게 가져온 물건을 귀한 것이라며, 이따금 나를 앉혀 놓고는 하나씩 꺼내 자랑스레 설명하시곤 했다. 어느 날엔 오래되어 보이는 라디오였고, 어느 날엔 반들거리는 돌이었으며, 또 어느 날엔 엉성하게 만든 그릇이었다. 나는 그것들이 어째서 귀한

것인지 이해할 수 없었지만, 할아버지가 너무 신나게 자랑하시는 터라 가만히 듣고 있었다. 기나긴 소개가 끝나면 할아버지는 나에게 뒤돌아 있으라고 몇 번이나 당부한 뒤, 나 몰래 그것들을 비밀 장소에 숨겨 두었다. 귀한 물건이니 상하지 않게 잘 둘 거라고.

그랬던 할아버지가 돌아가셨다. 딱 나의 전학 첫날에. 어쩌면 내가 할아버지의 귀한 것이라 나의 전학을 조금이라도 미루고 싶으셨던 건 아니었을까.

그리고 알게 된 사실이 있다.
나는 곧 죽는다.

1장

유품이거나 선물이거나

어떻게 이럴 수 있지? 나는 믿을 수 없었다. 원래는 새로운 학교에서 전학생으로 소개받아야 할 날에 갑작스럽게 할아버지가 돌아가셨다. 그 소식에 멍하던 엄마 대신 내가 담임 선생님께 전화를 걸었다. 전학생으로서의 인사보다 장례식으로 인해 결석한다는 연락을 먼저 하게 된 셈이다. 휴대폰 너머 들리는 목소리로 추리해 보건대 젊은 남자 선생님인 것 같았다. 담임 선생님은 걱정 어린 목소리로 알겠다며 마음을 잘 추스르라고 했다.

"장례식장이 어디니, 선생님이 저녁에 갈게."

나는 장례식장에 찾아오겠다는 선생님을 필사적으로 말렸다. 오지 않았으면 좋겠다는 생각뿐이었다. 그냥 불편했다. 나를 잘 알지도 못하면서 장례식장에 오는 이유는 그저 담임 선생님이라는 책임감 때문일 텐데……. 그게 부담스러웠다.

"장례식장이 조금 멀어요. 그러니까 오지 않으셔도 괜찮아요."

서울 안에서 멀어 봤자지만, 그래도 그냥 멀다고 했다. 그게 내가 담임 선생님에게 느끼는 거리였다. 담임 선생님은 아, 하고 짧게 힘 빠지는 소리를 냈다. 고작 '아' 한 음절뿐이었지만, 어쩐지 나는 그 말속에서 안도감이 느껴진다고 생각했다. 어차피 그쪽도 불편할 테니까. 다음 주 월요일에 보자는 말과 함께 전화는 끊겼다. 내가 먼저 끊었는지, 선생님이 먼저 끊었는지는 정확히 모르겠다. 분명한 건 새로운 학교에서의 첫날이 예상치 못한 방식으로 시작됐다는 거였다. 모두가 들으면 아차, 싶을 누군가의 부고가 첫 번째 대화였으니까.

번거로운 학생으로 찍혔으면 어떡하지, 나의 소개를 위해 선생님이 준비해 둔 게 있었다면? 나는 처음부터 불행을 안고 온 전학생이 되었을지도 모른다. 생각이 꼬리에 꼬리를 물고 이어졌다. 무수히 늘어지는 생각을 끊어 낸 건 엄마의 부름이었다.

"예윤아, 이리 와. 인사 드려. 할아버지 친구분들이셔."

할아버지의 친구분들은 처음 뵀다. 그러네, 우리 할아버지도 친구가 있었을 텐데. 한 번도 할아버지의 친구들을 궁금해한 적이 없었다. 아니, 할아버지에 대해 궁금해하지 않았다. 사실 내가 할아버지에 대해 아는 건 어릴 적에 같이 살았던 고작 며칠이 전부였다. 길어야 한 달도 안 되었던 것 같다. 그 이후로는 뵈러 간 적이 없었다. 할아버지의 친구분들은 나를 앉혀 놓고 이런저런 이야기를 해 주셨다. 기억에 남는 건 할아버지가 젊었을 때 잘나가는 보석 세공사이자 보석상이었다는 사실이었다. 하지만 어느 날 강도가 들어 할아버지가 애지중지하던 보석들을 모조리 훔쳐 가 버렸고, 평생 쌓아 온 자부심을 잃은 할아버지는 순식간에 무너졌다고 했다.

"얼마나 솜씨가 좋았는지 몰라."

"맞아, 우리 중에 제일 잘나갔었지."

"죽으면 그게 뭔 의미가 있다냐."

"그래도 호상이지. 자다가 세상을 떴으니 얼마나 편안하겠어. 코에 호스 같은 거 꽂으면서 몸에 구멍 나는 것보다 낫잖아."

일을 그만둔 후, 할아버지는 잃어버린 보석 대신 버려진 물건을 주워 모으곤 했다. 할아버지에게 남은 건 그것들뿐이었다. 심지어는 생을 떠나던 날조차도.

**

　엄마와 할아버지는 그다지 사이가 좋지는 않았다. 엄마는 할아버지를 '통제광'이라고 표현하곤 했다. 할머니는 엄마가 어릴 적 집을 나갔고, 그 빈자리를 홀로 채워야 했던 할아버지는 엄마의 머리부터 발끝까지 모든 걸 대신 결정하는 식으로 엄마를 키웠다. 엄마는 착한 아이처럼 할아버지의 말에 순응하고 살았다고 했다. 유일하게 할아버지의 말을 거스른 것이 결혼이었다.

　갑자기 나타나 방 한구석을 차지한 손녀였음에도 할아버지는 한 번도 내게 화를 내거나 혼낸 적이 없었다. 할아버지의 속내는 항상 이해하기 어려웠지만, 나에 대해서만은 명확했다.

　'나는 너를 싫어하지 않는다.'

　'네가 무슨 짓을 하든 그것은 절대로 내가 너를 싫어할 이유가 되지 않는다.'

　그 태도가 난생처음 와 본 할아버지 댁에서도 엄마 없는 밤을 견딜 수 있게 해 줬다. 그렇다고 할아버지가 나에게 대놓고 이렇게 말한 것은 아니었다. 그저 느껴졌다. 할아버지는 날 미워하지 않는다고.

　할아버지는 매일 그날 주워 온 물건을 나에게 자랑하곤

했다. 그럴 때면 엄마 생각이 났다. 왜 엄마를 미워하지, 나는 이렇게 미워하지 않으면서. 어쩌면 엄마와 할아버지는 서로를 이해하기 어려웠던 것일 수도 있겠다.

"이봐라, 이게 얼마나 귀하냐. 도자기에 윤기가 자르르 흐르는 것 좀 보라고."

고작 열두 살이었던 내가 봐도 그건 그냥 쓰레기였다.

"그거 옆집 아줌마가 버린 쓰레기잖아요."

할아버지는 고개를 크게 저었다. 그러고는 엄청난 비밀을 말하듯 작은 목소리로 속삭였다.

"가장 귀하고 반짝거리는 것일수록 꼭꼭 숨겨 두는 거란다. 사람들이 아직 그 가치를 보지 못할 뿐이지."

어휴, 지긋지긋한 말이었다. 어린 내가 한숨을 쉬든 말든 할아버지는 한결같이 말씀하셨다.

"그래서 세상은 그래서 이상한 거란다. 그렇지만……."

그다음엔 뭐라고 하셨더라. 뒷말은 잘 기억나지 않았다. 그 뒤로는 뵐 일이 없었으니까. 마침내 이혼을 택했던 엄마에게 다시는 보지 말자며 선언한 건 할아버지였다.

※

3일간의 장례식이 끝나고 할아버지의 관은 화장터로 향

했다. 엄마를 따라 화장로가 보이는 곳으로 가려 하니, 직원이 막아섰다. 너무 어린 유족들은 화장하는 모습을 보면 자칫 충격을 받을 수 있다고, 보기에 적절하지 않다고 말렸다. 엄마는 나에게 물었다.

"예윤아, 어떻게 하고 싶어? 보고 싶어? 아니면 나가 있을래?"

나는 아직 미성년자니까 어린 유족에 포함되는 건 맞다. 한편으론 너무 어리지만은 않은, 고등학생이었다. 죽음의 결말을 알기에 적절한 나이는 언제일까? 호상이라는 말을 듣는 나이? 성인이 되고 난 후? 혹은, 죽음을 결심해 본 때?

내가 죽음의 결말을 알아도 되는 나이인지는 모르겠지만, 지금 엄마의 곁에는 나뿐이었다. 나는 엄마 옆에 서 유리창 너머를 바라보았다. 화장로에 불이 타오르고, 안팎을 가로막은 창에 나와 엄마가 비쳐 보였다. 항상 나보다 컸던 엄마였는데, 이제는 내가 엄마를 앞지르고 있었다. 나보다 약간 아래에 위치한 엄마의 머리끝을 바라보다 주머니에 챙겨 둔 구겨진 휴지를 건넸다. 엄마는 내가 건넨 휴지를 들고 흐르는 눈물을 닦고 또 닦았다. 나는 엄마의 한쪽 손을 붙잡았다. 그래야 할 것 같았다. 잡은 손에 힘이 느껴졌다. 엄마는 아무 말도 하지 않았지만, 그 의미가 고마움이라는 것은 알 수 있었다. 그게 엄마와 나의 무언의 대화였으니까.

그렇게 할아버지는 반짝거리는 동그란 유골함에 담겨 새로운 곳에 자리했다. 유골함은 언젠가 할아버지가 주워 왔던 도자기와 비슷했다. 귀한 것이라 말씀하시곤 하던.

*

할아버지가 떠난 후 엄마는 정리를 시작했다. 오랜만에 찾아간 할아버지 댁엔 여전히 누군가 버린 물건들이 가지런히 놓여 있었다. 엄마의 말마따나 통제광이었던 할아버지에게는 정리벽이 있었다. 자꾸 별의별 물건을 집으로 들였지만, 그걸 마구잡이로 두진 않았다. 매일 그 물건들 위 먼지를 털었으며, 수납장에 분류하여 정리했다. 여전히 어릴 적 내가 봤던 모습 그대로였다. 이상했다. 마치 그 공간만 시간이 멈춘 듯했다. 이걸 다 정리할 수 있을까. 나는 산더미같이 쌓인 골동품들을 보고 한숨을 쉬었다. 하지만 그것들은 할아버지의 유품이기도 했다. 엄마가 말했다.

"다행이야. 남겨 주신 것이 많아서."

장례식 내내 엄마는 조문객이 없을 때마다 할아버지의 영정 사진 앞에 가만히 앉아 있었다. 나는 그런 엄마의 뒷모습을 바라봤다. 할아버지의 수납장 앞에서 엄마는 똑같은 모습으로 앉아 있었다.

"그냥 쓰레기 아니야?"

"할아버지를 기억할 수 있는 것들이 많은 거잖아."

참으로 대책 없이 무슨 일에든 긍정적인 우리 엄마. 할아버지가 얼마나 날 선 말로 엄마를 끊어냈는데……. 할아버지 앞에서 뚝뚝 눈물을 흘리던 엄마는 그 뒤로 다시는 할아버지를 찾지 않았다. 그럼에도 불구하고 엄마의 뒷모습에 담긴 마음은 진심이어서 엄마가 바보 같기도 했다. 엄마는 옛날 냄새가 풀풀 나는 골동품들을 부드럽게 매만졌다. 나는 그저 엄마의 뒷모습을 껴안았다.

*

밤새 엄마와 함께 할아버지의 짐을 정리하던 나는 할아버지가 숨겨둔 공간을 발견했다. 수납장 안쪽 벽에 작은 문이 하나 있었다. 영화나 드라마에서 나오는 금고가 있을 법한 공간이었다. 어린 나를 뒤돌게 하시곤 여기에 귀한 것을 숨겨 두셨던 건가. 갑자기 호기심이 동했다. 그토록 오랫동안 귀하게 숨겨 둔 것이 무엇이려나.《나니아 연대기》에 등장하는 옷장처럼 예상치 못한 것이 튀어나오는 게 아닐까.

하지만 당연하게도 할아버지의 비밀 공간에는 금고나 보물은 없었다. 고작 일기장 하나가 놓여 있을 뿐이었다. 정말 말 그대로 고작 일기장 하나. 할아버지가 모아 놓은 골동품 중에서는 비교적 가장 새것으로 보였다. 안을 펼쳐 보았지만 아무것도 적혀 있지 않았다. 그럼에도 일기장이라고 알아볼 수 있었던 이유는, 페이지마다 '오늘의 날짜'와 '오늘의 날씨'가 표시된 칸이 있었고, 그 아래로 글을 적을 수 있도록 밑줄이 그어져 있었기 때문이었다. 이 물건의 역할은 일기를 쓰는 것이라고 못 박아 둔 듯했다.

일기장의 겉표지는 인조 가죽에 살짝 어두운 갈색빛으로 색이 바랜 느낌이었는데, 내지만은 뽀얗게 희었다. 마치 새 종이처럼 보였다. 이럴 수가 있나. 오래된 종이는 당연히 낡고 바래야 정상이었다. 어릴 적 도서관에서 엄마의 퇴근을 기다리며 시간을 보낼 때면 가장 낡은 책을 찾아보기도 했는데, 오래된 책일수록 종이가 유독 누랬다. 아무도 찾지 않는 것들은 낡아 쉽게 부서지고는 했다. 종이만 새로 바꾼 건가 싶었지만, 선혀 그런 흔적조차 찾을 수 없었다. 계속 훑어보다가 일기장 맨 뒤쪽에 껴 있던 도서관 대출증이 아래로 툭 떨어졌다. 종이 대출증이라니, 요즘도 쓰는 도서관이 있던가? 바닥에 떨어진 대출증을 주워 살펴보려 할 때였다. 엄마가 물었다.

"그건 뭐야?"

"아마도 일기장 같은데……."

"일기장?"

엄마는 내 손에 들려 있던 일기장을 가져갔다. 나도 모르게 일기장 안에 있던 도서관 대출증을 등 뒤로 숨겼다.

"이상하다. 완전히 새거네? 아무도 안 썼잖아."

엄마의 말에 나는 고개를 끄덕였다. 누가 쓰다 버린 물건들만 가득한 이곳에 누구의 흔적도 없는 새 물건은 이상했다. 잠시 생각하던 엄마의 눈빛이 뭔가 반짝하고 바뀌었다. 순수한 우리 엄마는 저렇게 표정에서 감정이 다 드러난다니까.

"이거, 할아버지가 우리한테 선물하신 건가?"

그 말에 내가 어이없다는 표정으로 엄마를 바라봤다. 엄마는 내가 지은 표정이 무색하게 할아버지의 선물이라고 단단히 확신하는 듯했다.

"엄마, 그게 무슨 말이야. 말도 안 돼."

"너 어차피 일기 쓰기로 엄마랑 약속했잖아. 안 그래?"

"일기가 뭐가 중요하다고 약속까지 해. 차라리 공부하라고 하면 이해라도 하겠어."

"지금 너한텐 공부보다 일기를 쓰는 게 더 도움이 된다잖아."

"그건 내가 알아서 할게. 어차피 가져가면 짐이야."

"그러면 왜 그렇게 오래 보고 있었는데?"

엄마가 장난기 넘치는 미소를 보였다. 엄마가 저렇게 웃을 땐 아무도 엄마를 이길 수 없었다. 엄마는 내 가방 속에 일기장을 넣었다.

"아니, 가져가도 나 안 쓴다니까?"

"너한테 필요할 거야."

"나한테 필요한지 아닌지는 내가 정하면 안 돼?"

"엄마 말 들어."

무적의 말이었다. 나는 크게 한숨을 쉬었다. 잠시 눈치를 보다 엄마가 등 돌린 사이에 몰래 가방 속에서 일기장을 꺼냈다. 다시 도서관 대출증까지 끼워 서랍장 위에 일기장을 놓는 순간이었다.

"네가 무거워하는 것 같으니 엄마 가방에 챙길게. 괜찮지?"

엄마는 내 손에 들려 있던 일기장을 본인의 가방에 넣었다.

"아, 엄마!"

엄마는 어쩐지 들뜬 표정이었다. 엄마는 어떨 때는 내 말을 잘 들어 주는데, 또 어떨 때는 아예 들리지 않는 척했다. 답답한 건 나의 몫이었다.

＊

　할아버지의 장례를 마치고 돌아온 집에서는 여전히 새 집 냄새가 났다. 지금 엄마와 내가 단둘이 살고 있는 작은 빌라는 이번에 전학하며 새로 이사 온 곳이었다. 아직은 낯선 우리 집. 물때 하나 없는 신축 빌라의 화장실에서 뜨끈한 물로 씻고 방에 와 보니 할아버지 집에서 가져온 일기장이 책상 위에 놓여 있었다. 엄마가 두고 간 모양이었다. 포스트잇과 함께.

　'오늘 일기 꼭 쓰고 자!'

　요즘 엄마는 자꾸 나에게 일기를 써야 한다며 강조했다. 분명 어디서 들은 말일 거다. 그렇게 하면 아이한테 좋다는 그런 이야기. 요즘 엄마는 그런 얘기만 들으면 자꾸 나에게 시켜 보려고 안달이었다. 엄마는 훔쳐보는 일은 없을 거라며 내게 일기를 꼭 쓰라고 말했다. 나는 사실 일기 쓰기를 좋아했다. 일기를 쓰면 그날이 뭔가 소설처럼 느껴졌던 것 같다. 그저 하나의 이야기처럼. 근데 언제부터 안 썼더라. 고등학교에 입학하면서부터였나. 아니다, 정확히 말하면 그날부터였다.

　나는 할아버지의 일기장을 펼쳤다. 아무것도 쓸 말이 없었지만, 일기를 꼭 쓰고 자라는 엄마의 말에 죄책감과 의무감이 생겨 버렸다. 요즘엔 엄마의 말을 잘 듣는 중이었으니까. 아직은 아무것도 적히지 않은 빈 일기장이었다. 무엇부터 해야 하지. 아, 먼저 날짜를 써야지.

오늘의 날짜 : 4월 14일 일요일 / 오늘의 날씨 : 먹먹하게 흐림

날짜와 날씨를 쓰고 나니 더는 쓸 말이 없다는 것이 확실해졌다. 뭐라도 한 일이 있다면 좀 낫겠지만, 오늘 한 거라고는 할아버지의 유품을 정리한 게 전부였다. 그래도 간신히 첫 줄을 떠올렸다. '오늘은 할아버지 댁에 다녀왔다. 6년 만이었다.' 이 정도면 적절하겠다 싶어 펜을 종이에 가져다 대는데, 갑자기 내가 아직 쓰지 않은 문장들이 일기장 위에 나타났다.

오늘은 할아버지 댁에 다녀왔다. 6년 만이었다.

어? 이게 뭐지. 내가 지금 이 문장을 썼던가? 하얀 종이 위에 내 글씨체로 일기가 쓰여지고 있었다.

할아버지가 귀한 것이라고 말하던 골동품들은 그대로였다. 마치 그 방 안에는 시간이 흐르지 않은 듯했다. 할아버지는 별의

별 물건을 주워 와서는 꼭 깔끔하게 정리하는 사람이었다. 엄마는 그 수납장 앞에 앉아 골동품을 매만지며 말했다. 할아버지를 기억할 수 있는 게 많이 남아 있는 것 같다고. 나는 엄마의 뒷모습을 바라보다 뒤에서 껴안았다. 엄마는 내 팔을 꽉 잡아 주었다. 화장터에서 나의 손을 꽉 잡았던 것처럼.

모두 오늘 내가 겪은 일들이었다. 마치 나의 머릿속에 들어갔다가 나온 것처럼 일기장은 내가 겪은 일, 내가 했던 생각을 모두 담아내고 있었다. 엄마의 뒷모습을 보다 껴안은 일과 다시 내 팔을 꽉 잡아 준 엄마의 손길, 화장터에서의 일을 떠올렸다는 것까지. 그건 입 밖으로 내보낸 적 없는 마음이었다.

"이게 뭐야?"
살짝 손이 떨렸다. 허상인가. 지금 너무 졸려서 그런가 싶었다. 장례식이 끝나자마자 할아버지 댁에서 짐을 정리했으니 피곤할 법도 했다. 꿈을 꾸나.

할아버지의 수납장 안쪽에서 숨겨진 문을 발견했다. 가장 귀한 것을 따로 모아 두던 공간이 분명했다. 문을 열어 보니 그 안에는 일기장 하나가 놓여 있었다. 일기장은 낡은 인조 가죽으로 감싸져 있었는데, 종이는 색이 바래지 않아 이상했다. 안쪽만 보면 거의 새것처럼 보였다. 버려진 것들만 모인 할아버지의 물건들 사이에서 가장 어울리지 않는 것이었다. 그 안에 꽂혀 있던 도서 대출증만 세월을 정통으로 맞은 듯 낡아 있었다.

나는 허겁지겁 아까 일기장의 맨 뒤에 꽂아 둔 도서 대출증을 꺼냈다. 어느 도서관의 대출증인 것은 정확히 보이지 않았으나, 앞서 대출한 몇 사람의 이름이 적혀 있었다. 1964년이 처음 빌린 연도였는데, 대출자명이 한자로 쓰여 있는 데다 흐려서 알아볼 수 없었다. 2018년이 마지막으로 빌린 연도였고, 대출자명은 앞선 사람에 이어 한자로 적긴 했지만, 성씨만 적은 듯했다. 이李씨였다. 대출증 뒤 여백에는 누군가 빼곡히 써 둔 글이 있었다. 아마도 글을 쓴 이는 2018년에 대출한 이 씨인 것 같았다.

> 하나. 밤 9시에서 자정 사이에, 일기장의 날짜 칸에 날짜를 쓰면 그날의 일들이 적힌다.
> (다만, 내용이 다 적히는 데엔 시간이 필요하다. 소요 시간은 약 30초 정도.
> 그리고 아마 그 내용은 미래의 내가 쓴 것이 앞당겨져 보이는 듯하다. 내 말투나 생각이 그대로 적힌다.)

둘. 과거의 날짜를 적으면 일기가 보이지 않고,

무조건 당일이나 미래의 날짜를 적어야만 일기가 작동한다.

(날짜를 적는 시점부터 시작!)

셋. 하루가 지나면 미래의 일기는 사라진다.

똑같은 날짜의 일기를 다시 보기 위해서는 3일의 시간이 필요하다.

(그러니 알게 된 내용을 다른 노트에 메모해 두는 것을 추천한다.)

넷. 일기장의 내용에는 무조건 날짜를 적은 사람이 보고, 듣고, 느낀 것만이 적힌다.

보지 못하고 듣지 못한 일은 알 수 없다.

(2018.05)

말도 안 되는 일이었다. 이 일기장으로 미래를 알 수 있다고? 그냥 장난일 것이다. 흔히 어린 시절에는 그러고 놀지 않나. 자신들만의 규칙을 정해 놓고 그 규칙에 따라 움직이는 판타지 세상 속에 사니까. 어릴 적에《해리포터》시리즈를 읽고 호그와트 입학 편지를 기다렸지만, 영영 오지 않았던 것을 기억한다. 그보다 더 어릴 때는 친구들과 각자의 집 앞을 부르는 별칭이 있었다. 우리 집 앞은 '폭풍의 언덕'이었다. 에밀리 브론테의 소설―그런 소설이 있다는 건 중학생이 되어서야 알았다―과는 전혀 상관이 없었고, 우리 집 앞을 지날 때면 '유독 바람이 세게 불어서'가 그 이유였다. 슈퍼 앞에 살던 친구의 집 근처는 '얼음 광산'―아이스크림을 먹을 수 있어서―이었고, 나무 그늘이 하나도 없던 친구의 집 앞은 햇볕이 뜨거운 '불의 땅'이었다. 그렇게 놀던 기억도 오래전 일이었다. 어릴 때는 무엇이든 상상하기 좋아하니 이런 말도 안 되는 규칙을 세워 둘 수도 있었다.

그러니까 이건 다 장난일 거다. 일기가 자동으로 적힌 건 모두 나의 착각이리라. 요즘의 나는 나 자신도 이해하기 벅차다. 내가 한 행동도 깜빡하는 일이 잦다. 그런데 책상 위 시계가 11시 59분을 가리키는 순간, 말도 안 되는 규칙이라며 무시했던 마음이 조급해졌다. 심장이 쿵쿵 뛰었다. 째깍거리는 초침 소리와 심장박동 소리가 교차했다.

하나. 밤 9시에서 자정 사이에, 일기장의 날짜 간에 '날짜를 쓰면 그날의 일들이 적힌다.

지금 당장 써 봐야겠다. 1분이 지나면 일기장의 효력을 시험해 볼 수 없게 된다. 지금 해 보지 않으면 내일 밤 9시까지 기다려야 했다. 고민 끝에 나는 날짜를 썼다. 쓰면서도 이건 말도 안 되는 일이라고 되뇌었다. 요즘 나 왜 이러지,

왜 이런 거에 휘둘리는 거지. 마침내 날짜 칸에 1분 후면 찾아올 내일의 날짜를 적었다.

오늘의 날짜 : 4월 15일 월요일 / 오늘의 날씨 :

날짜를 적어도 일기장 위에는 아무것도 적히지 않았다. 책상 위 시계를 봤다. 초침이 빠르게 움직였다. 1, 2, 3, …… 30초가 흘렀다. 그 순간이었다.

오늘의 날짜 : 4월 15일 월요일 / 오늘의 날씨 : 찝찝한 소나기

악! 짧게 비명을 지르고 손으로 입을 틀어막았다. 놀란 숨을 잠재우며 다시 규칙을 샅샅이 살폈다.

다만, 내용이 다 적히는 데엔 시간이 필요하다. 소요 시간은 약 30초 정도.
그리고 아마 그 내용은 미래의 내가 쓴 내용이 앞당겨져 보이는 듯하다. 내 말투나 생각이 그대로 적힌다.

메모의 내용 그대로였다. 딱 30초가 지나자, 일기장에 저절로 일기가 나타났다. 그 순간이었다. 내 비명을 듣고서

다급히 달려온 엄마가 문을 벌컥 열었다.

"무슨 일이야?"

나는 황급히 일기장을 닫았다. 둘러대야 했다. 그냥 아무 말이든.

"아니, 모기가 있어서."

말도 안 된다는 변명이라는 걸 알고 있지만, 내 눈앞에서 일어난 일이 더 비현실적이었다. 엄마도 날짜를 적으면 자동으로 적히는 일기장의 존재보다는 철에 맞지 않는 모기의 존재를 더 믿을 거다.

"뭐, 벌써?"

"요즘 너무 덥잖아."

"그게 무슨 말이야. 오늘 흐려서 서늘했는데."

나는 아무 일도 아니라며 방 안으로 들어오려는 엄마를 밀어냈다. 방문 밖으로 밀려나면서도 엄마는 악몽을 꾸면 곧장 달려오라고 했다.

"알았어. 내가 애야?"

"넌 평생 나한테 애야!"

요즘 엄마는 유난이었다. 나는 그 이유를 훤히 알면서도 모른 척했다. 모른 척하면 편했다. 방문을 닫고 다시 책상 앞에 앉은 나는 다시 빠르게 일기장을 펼쳤다.

날씨 앞에 수식어를 붙이는 건 나의 오랜 버릇이자 습

관이었다. 그냥 '맑음'이라고 적기엔 너무 다른 '맑음'들이 있었으니까. 말이 되고 안 되고는 내가 정하는 거였다. 소나기 앞에 적힌 '찝찝한'이라는 단어는 나의 단어였다. 그러니까 이 일기는 내일의 내가 쓸 일기가 분명했다. 째깍, 자정이 지났다. 내일의 내가, 아니 오늘의 내가 무슨 일을 겪게 될지 너무 궁금했다. 미뤄진 전학 첫날이었으니까.

    정말 이 일기장은 유품이 아니라, 선물이었던 걸까?

2장

전학생
나예윤

나는 대한민국 여자 고등학생이고 2학년이다. 그리고 인생 처음으로 전학을 경험 중이다. 완전한 이방인이 된 느낌으로 학교 교문을 넘었다. 이번 학교에서 나의 목표는 평범한 졸업이다. 누구의 눈에도 띄지 않고 존재감 없이 그냥 출석만 해도 얻어지는 그런 졸업. 보잘것없어 보여도 그게 나의 꿈이다. 아무와도 엮이지 말자, 말도 줄이자, 그냥 버티자, 계속 되뇌었다. 그냥 한 반에 몇 명쯤 있는 아이로 평범하게 살자.

그렇게 교문을 넘자마자 한 젊은 남자 선생님을 발견했다. 설마 일기가 진짜일까? 선도부와 함께 서 있던 젊은 남자 선생님이 학생들을 향해 외쳤다.

"넥타이 안 매고 온 사람 이름 적고 가야지!"

젊은 남자 선생님은 용기 내서 큰 소리로 외친 듯했지만, 아이들은 전혀 위협적이지 않다는 양 슬쩍 보더니 선생님을 지나쳤다. 목소리가 익숙했다. 며칠 전 휴대폰 너머로 들었던 목소리였다. 나의 예상대로 담임 선생님은 젊은 남자 선생님이었다. 임용된 지 얼마 안 된 듯, 체념보다 기대가 느껴지는 눈빛이었다. 선생님들이 학생들을 어떻게 바라보는지는 누구보다도 학생들이 가장 잘 안다. 눈빛이 말해 주니까. 텀블러에 담긴 커피를 마시던 담임 선생님과 눈이 마주쳤다. 어떻게 알아봤는지, 담임 선생님이 밝게 웃으며 내 이름을 불렀다.

"예윤아!"

한 번도 본 적 없는데, 친한 척은. 그러고는 한 손엔 텀블러를 든 채로 달려왔다. 일기장의 내용이 떠올랐다.

오늘의 날짜 : 4월 15일 월요일 / 오늘의 날씨 : 찝찝한 소나기

아침부터 최악이었다. 교문에서 나를 알아본 담임 선생님이 달려오다 나를 향해 넘어졌다. 선생님이 들고 있던 텀블러 속 커피가 내 블라우스 위로 쏟아졌다. 진짜 찝찝함 그 자체였다. 하…… 나는 지워지지도 않는 커피 자국을 블라우스에 묻힌 채로 반 아이들 앞에서 섰다. 최악의 첫인상이었을 게 분명하다.

나는 뒷걸음질 쳤다. 1, 2, 3…….

설마 진짜로……?

쾅! 소리가 났다. 달려오던 담임 선생님이 툭 튀어나와 있던 작은 돌부리에 걸려 넘어진 소리였った. 내가 뒷걸음질 치며 피한 덕에 쏟아진 커피는 담임 선생님의 셔츠만 적셨다. 아슬아슬했다. 눈앞에서 넘어진 사람을 두고 그냥 갈 수는 없으니 혹시 몰라 치마 주머니에 미리 챙겨 둔 휴지를 꺼내 건네며 물었다.

"괜찮으세요?"

아파하며 일어난 담임 선생님은 멋쩍게 웃으며 내가 건넨 휴지로 셔츠에 묻은 커피를 털어 냈다.

"고맙다. 내가 이렇게 정신이 없네. 이렇게 인사하게 되어 민망하지만, 난 네 담임 선생님 이동민이야. 잘 부탁해."

일기장 속 문장이 내 머릿속을 스쳤다.

이상한 선생님이었다. 니에게 잘 부탁힌다고 했다.

아, 이 일기장은 진짜구나. 잘 부탁한다고 말한 선생님은 이번이 처음이었다. 선생님은 자신의 손에서 피가 나는 건 아는지 모르는지 나에게 물었다. 아주 조심스럽게.

"그, 저…… 마음은 괜찮니?"

"아, 네."

"다행이다."

선생님은 가볍게 미소 지었다. 마음이 놓인다는 의미로. 어쩌면 장례식에 오겠다던 그의 말은 진심이었을지도 모른다.

"이제 우리 애들한테 인사하러 가자."

나는 뽀송한 블라우스를 입고 축축하게 젖은 셔츠를 입은 선생님을 뒤따라갔다. 내가 일기장의 내용을 바꿨다. 진짜로 미래가 바뀌었다. 묘한 죄책감이 들었다. 미래를 바꿨기에 내 블라우스 대신 담임 선생님의 셔츠가 더러워졌지만 한편으로는 어쩔 수 없는 선택이었다고 생각했다. 커피에 젖은 블라우스를 입고 하는 첫인사는 정말 최악이었을 테니까.

*

드르륵.

교실 문이 열렸다. 진짜 전학을 온 게 실감 나는 순간이었다. 내 눈앞에 있는 모두의 얼굴이 생소했다. 학원에서 알게 된 친구라거나, 친구의 친구도 이곳에는 없었다. 아무도 나를 몰라서 다행이었다.

더러워진 옷차림의 담임 선생님을 본 반 아이들의 반응은 폭소 그 자체였다.

"쌤! 또 넘어지셨어요?"

"그래 또 넘어졌다."

새로운 담임 선생님은 넘어지는 게 일상인 모양이었다. 그래서 넘어진 후에도 계속 웃을 수 있던 걸까. 나쁜 일에도 익숙해져서, 무슨 일이든 자주 일어나면 익숙해지는 걸까. 그러면 저렇게 계속 웃을 수 있나.

"그만 웃고! 오늘 우리 반에 전학생이 왔다. 자, 자기소개해 볼까?"

나는 숨을 살짝 몰아쉬었다. 평범하게. 아주 평범하게 하자. 스스로 주문을 걸 듯 마음속으로 반복했지만, 날 쳐다보는 얼굴들을 마주하자 손에 땀이 나기 시작했다. 다시 숨을 가다듬었다. 아이들의 머리를 풍선이라고 상상하고, 풍선들을 순차적으로 터트렸다. 꽃가루처럼 풍선 조각들이 교실 안에 날렸다. 색색깔의 풍선과 꽃가루. 살짝 미소가 나왔다. 이제는 말할 수 있을 것 같았다.

"나는 나예윤이라고 해. 잘 부탁해."

짧은 자기소개와 인사가 끝나자, 아이들이 박수를 쳤다. 나를 보고 아무도 표정이 바뀌지 않았다. 별일이 아닌 것처럼 느껴졌다. 선생님은 한 여학생 옆의 빈자리를 가리키며 내 자리라고 했다. 아마도 이 여학생의 이름이.

"안녕, 난 김수연이야."

맞다. 일기장에 적혀 있던 옆자리 아이.

내 옆자리에 앉은 아이의 이름은 김수연이었다.

침을 한 번 꿀꺽 삼키고는 살짝 미소 지었다.

내 블라우스를 보고는 자신의 체육복을 빌려줬다. 체육복에 작게 K.S.Y라는 이니셜이 자수로 박혀 있었다.

원래였다면 커피로 샤워한 나에게 체육복을 빌려주는 구원자였을 아이였다. 그런 일은 벌어지지 않았지만, 여전히 일기장에 적혀 있던 것처럼 수연은 나에게 해맑게 인사했다. 그것도 너무 반갑게. 그렇지만 나는 수연의 반응에 잔뜩 긴장할 수밖에 없었다.

"혹시 나 기억해? 나는 너 기억하는데. 맞지? 서화고?"

그 애가 나를 알아봤다.

밝게 물어 오는 수연에게 나는 제대로 답해 줄 수 없었다. 왜냐하면, 나는 정말 수연이 기억나지 않았으니까. 나는 살짝 멋쩍은 표정을 지었다.

"미안……."

자신을 기억하지 못하는 나의 반응에 약간 실망한 듯한 수연을 뒤로하고 나는 반 아이들의 분위기를 살폈다. 조용히만 지낸다면 괜찮을 것 같았다. 아이들은 대체로 원만한 느낌이었다. 정확히 말하자면, 전학생인 '나'에게 큰 관심이 없어 보였다. 오히려 뭔가 긴장되고 차분한 분위기였다. 아무래도 곧 중간고사였으니까.

그렇다. 중간고사 직전, 흔치 않은 시기에 나는 전학 온 것이다.

*

"아침 자습 시간에 예윤이한테 학교 소개 좀 부탁해."

아, 상황이 달라졌다. 원래 일기장대로라면 아침 자습 시간에 학교 소개를 해 주는 건 담임 선생님이었다.

아침 자습 시간에 담임 선생님은 나를 데리고 다니며 학교 소개를 해 주셨다. 이전에 다니던 학교랑 너무 똑같은 구조였다. 시시할 정도로 음악실 위치, 동아리실 위치까지 똑같았다.

아, 셔츠 때문이다. 담임 선생님이 허둥지둥 나가자, 반장이라고 불린 아이가 나에게 다가왔다. 머리는 하나로 질끈 묶고, 앞머리도 없이 매끈한 이마가 톡 튀어나와 있었다. 여드름 한 번 안 났을 것 같은 뽀얀 피부였다. 그렇게 말간 얼굴과는 달리 뿔테 안경 너머의 눈빛은 잔뜩 귀찮다는 듯 보였다.

"내 이름은 이혜지야. 반장이고."

"아, 그래 반가워."

"너도 들은 것처럼 담임이 학교 소개해 주라는데, 우리 학교 구조는 다른 학교랑 다를 게 없거든. 진짜 똑같아."

"어?"

"대강 거기 있겠지 싶은 곳에 다 있단 말이야."

무슨 말인지 알 것 같았다. 그냥 학교 소개는 대충 퉁치겠다는 의미였다. 솔직히 전학생한테 학교 소개는 필수 아닌가. 그렇지만 괜히 눈에 띄지 말자는 말을 속으로 되뇌었다. 굳이 분란을 일으킬 필요는 없었다. 그냥 웃으면서 넘어가자. 어차피 친구가 될 사이도 아닌데. 그저 웃으며 답했다.

"아, 응, 알려 줘서 고마워."

그러자, 혜지는 웬 파일 하나를 건넸다. '진선고 생활 가이드'라고 적힌 투명 L자 파일이었다.

"이게 우리 학교 가이드야. 학교 약도도 들어 있고, 교칙이나 학교생활에서 네가 필수로 알아야 하는 것들은 다 들어 있어."

가이드라니, 학교 소개 10여 분을 해 주는 것보다 이런 서류를 만드는 게 더 힘들었겠다 싶은데. 내 속마음이 들린 건지 혜지가 말을 이었다.

"자료를 보고 놀랄 필요는 없어. 전학생들을 위해 이미 1년 전에 준비해 둔 거니까."

그러고는 곧장 자신의 자리로 돌아가 문제집을 풀기 시작했다. 이런 게 자습인 건가. 학교 소개까지 자습할 줄은 꿈에도 몰랐지만 말이다. 그래도 혜지가 건넨 가이드 내용은 꽤 알찼다. 위치별 급식실 최단 경로까지 적혀 있었다. 나는 아이들이 한창 공부하던 아침 자습 시간에 슬쩍 교실 밖으로 나왔다. 지금이 아니면 학교를 자습할 시간은 딱히 없기도 했고, 열심히 공부하는 아이들 사이에서 공부할 것도 마땅히 없었기 때문이다.

"학교 소개, 내가 해 줄까?"

그런 내 뒤를 수연이 따라 나왔다.

"응?"

"내가 해 줄게."

또 예상할 수 없는 일이 벌어졌다. 미래의 내가 쓴 일기를 미리 읽었어도, 내가 바꾼 이후로는 알 방법이 없었다. 이건 일기 안에 없던 일이었다. 거절할 명분도 없었다. 머뭇거리던 나는 수연과 함께 학교를 돌아다니기로 했다.

"아, 고마워."

수연은 웃으며 말했다.

"아냐, 덕분에 나도 아침 자습 빠져 보는 거지."

*

"우리 학교 도서관은 원래 조선시대 때부터 책을 모으던 곳이었대. 돈 많은 양반이 서책을 모아서 자랑하는 곳이었다나? 그러다가 그 자리에 작은 도서관이 생겼는데, 이용객이 적어서 운영이 중단됐다 하더라고. 그렇게 버려진 도서관 근처에 우리 학교가 지어졌고, 그 도서관이 우리 학교에 흡수되듯 들어왔대. 그래서 우리 학교 도서관 책 중에는 옛날 책도 되게 많아. 오래전부터 쌓인 책들이지."

유독 다른 학교 건물에 비해 낡아 보이는 도서관의 역사에 대해 수연이 줄줄 읊었다.

"아니, 대체 그런 건 어떻게 알고 있는 거야?"

"내가 도서부거든. 신기하지 않아? 아무리 시간이 흐르고 주인이 바뀌어도 그곳이 원래 어떤 곳이었는지가 지켜지는 게."

 도서관 앞에서 한참 설명하던 수연이 싱긋 웃으며 '다음은 급식실!' 외치더니 앞장서서 걸어갔다. 그렇게 나와 함께 학교를 돌아다니며 여느 학교에나 있을 평범한 교칙을 설명했다. 급식실 옆에 있는 매점을 설명할 때는 잔뜩 들뜬 모습이었다. 학교 소개를 받으며 느낀 수연은 밝고 친절했다. 무엇보다도 서화고에서의 나를 굉장히 좋게 기억하고 있었다. 그런데 정말 이상하게도 수연과는 한 번도 만난 기억이 전혀 없었다. 수연은 나에게 서화고에서 되게 유명한 아이라 멀리서만 봤었다고 말했다.

"넌 항상 애들 중심에 있었잖아."

"내가?"

 사실 수연은 서화고에 입학한 지 얼마 되지 않았을 때 전학을 갔다고 했다. 수연의 기억 속 나는 제법 괜찮은 아이였다. 수연이 나를 좋게 기억하고 있다는 것만으로도 어깨가 살짝 펴졌다. 수연 앞에서 나는 그런 모습일 수 있었다.

"너는 친구도 엄청 많고, 말도 재밌게 잘하고. 운동도 잘하고 못 하는 게 없었잖아."

 수연이 나를 보는 태도가 날 움직이고 있었다. 마치 할아버지가 어린 나에게 보여 줬던 그때의 태도처럼.

"진짜 미안한데 혹시 우리 같은 반이었어?"

"아니, 난 옆 반이었어. 다른 반이었어도 널 모를 수가 없지."

아까 전, 자신을 기억하지 못한다는 말에 살짝 굳었던 표정은 이미 사라진 지 오래였다. 오히려 후련해 보였다. 섭섭한 줄 알았는데……. 어쨌든 수연의 기억 속에서 1년 전의 나는 멋진 아이였다. 칭찬을 들으니 수연을 기억하지 못하는 게 미안할 따름이었다. 그렇지만 수연이 어땠는지 누구한테 물어보기도 뭐했다. 물어볼 사람도 없었고.

수연은 나에게 가볍게 팔짱을 끼고 별관으로 데려갔다.

"특히나 별관이 서화고랑 똑같아. 봐봐."

앞서 다른 공간들은 다른 학교들이랑 비슷하다는 느낌이었다면, 동아리실과 음악실, 미술실이 모여 있는 별관은 서화고랑 판박이었다. 유독 별관의 바닥만 나무인 것도, 해가 잘 들지 않아 어둑한 것도. 마치 그 학교에 머물러 있는 것 같았다. 여전히 그 별관 안에 홀로.

순간적으로 나는 그 별관 밖으로 뛰쳐나왔다. 수연에게 이상하게 보일 것이 뻔했지만, 얼른 다시 교실로 가고 싶었다. 여기는 정말 서화고와 똑같았으니까. 간신히 벗어난 그곳이 나에게 달려오는 느낌이었다. 그곳 대신 수연이 내 뒤를 따라왔다.

"저 안쪽에 미술반까지 봐야 하는데?"

"난 미술엔 영 재능이 없어서 갈 일 없을 거야."

"아, 그렇구나."

"다 봤으면 교실로 가자."

슬그머니 눈치를 보던 수연은 교실로 돌아가는 나와 나란히 발걸음 속도를 맞춰 걸었다. 티 내지 말아야 하는데, 결국 티를 내 버리고 말았다. 바보같이. 수연은 나에게 왜 그러냐고 묻지 않았다. 그냥 아무 일도 없었다는 듯 말을 돌렸다.

"아, 맞다! 내가 진짜 학교 비밀을 알려 줄까?"

"응?"

"저 별관 뒤에 학교 뒷산이 있거든?"

수연이 으스스한 목소리를 내더니 학교 뒷산에 대해 말하기 시작했다.

"저 별관 복도를 끝까지 걸으면 철문이 하나 있는데, 거기가 학교 뒷산으로 향하는 곳이야. 그런데 그 뒷산에서 사람들이 많이 죽었대."

나는 지금은 꽤 멀리 걸어온 별관 뒤에 있는 학교 뒷산을 바라봤다.

"우리 학교 뒷산이 명소였대."

"명소?"

"그거 있잖아."

수연은 잠시 말을 멈추고는 작게 말했다.

"죽기 좋은 곳이라나."

"진짜?"

그 순간, 내가 아주 바보 같은 표정을 지은 것이 분명했다. 내가 지은 표정을 보자마자 수연의 눈빛이 아주 장난스럽게 바뀌었다. 마치 먹잇감을 잡았다는 것처럼.

"어느 학교에나 있다는 학교 괴담 같은 거지! 그래서 별관 복도 끝에 있는 철문이 열려 있는 날엔 학교에서 사람이 죽는대."

"에이, 그건 진짜 네 말대로 죽으려고 간 사람이 문을 열어서 그런 거 아냐?"

"그렇다면 괴담이 아니겠지? 그 철문은 바깥에서만 열려. 닫는 것도 마찬가지고. 별관 안쪽에서는 열 수 없다고."

이해할 수 없다는 듯 미간을 좁히자, 수연은 나에게 친절하게 한 번 더 설명했다.

"그러니까, 뒷산에서 누가 죽으러 오라며 그 철문을 열어 주는 거거나, 아니면 철문을 넘어 학교 안까지 들어와 사람을 홀리거나."

"누가?"

"뒷산에 형용할 수 없는 무언가가 말이야."

"에이, 뭐야. 보이지도 않는 거잖아."

"그래서 무섭지 않아? 보이지 않아서 잡을 수도 없고, 어디 있는지도 모르는 뭔가가 내 목숨줄을 쥐고 있다는 게."

섬뜩한 이야기를 잘도 해 놓고 수연은 곧바로 다시 해맑게 웃으며 따라오라 손짓했다. 밝고 친절했지만, 참 이상한 애였다.

그렇게 다시 교실로 향하는 길이었다. 어찌 됐든 수연은 나를 좋은 아이로 기억하고 있으니 차올랐던 불안이 서서히 가라앉았다. 역시 멀리 떨어진 곳으로 전학 온 것은 아주 좋은 선택이었다. 발걸음이 가벼웠다. 시작이 좋았다. 서화고에서의 나를 알고 있던 수연과도 딱 이 정도의 거리로만 있으면 아무 문제도 벌어지지 않을 터였다. 하지만 평범한 일상은 찰나였다.

악!

수돗가를 지나가던 순간, 수돗가 호스에서 뿜어져 나온 물에 온몸이 젖었다. 뽀송했던 블라우스도 축축해졌다. 곁에 있던 수연 역시 놀라서 소리쳤다. 마치 조준한 것처럼, 물줄기는 정확히 나를 향해서만 뿜어졌다. 물이 뿜어져 나온 수돗가 근처에는 웬 남자애 둘이 있었다.

"아, 미안. 조준 실패다."

전혀 미안하지 않은 말투로 꽤 큰 체구의 남자애가 말했다. 그 남자애 앞에 한 남자애가 무릎을 꿇고 앉아 있었다. 뒷모습이라 누군지 알아볼 수가 없었지만, 이미 머리가 축축하게 젖어 있었다. 수연이 나의 팔꿈치를 잡아 끌어당기더니 작게 속삭였다.

"얼른 가자. 내가 체육복 빌려줄게."

전혀 미안해 보이지 않던 남자애한테 뭐라 쏘아붙이고 싶었지만, 분란은 피해야 했다. 역시 눈에 띄지 않는 게 상책이었다. 그 타이밍에 나를 끌어당겨 준 수연이 고마웠다.

*
*

수연은 일부러 학생들이 잘 오지 않는다는 구석진 화장실로 나를 안내했다. 그러고는 자신의 체육복을 챙겨 오겠다며 교실로 달려갔다. 나는 수연을 기다리며 화장실 거울 앞에 서서 잔뜩 젖어 버린 블라우스를 바라봤다. 일기장 속에 적혀 있던 대로 블라우스가 축축하게 젖고 말았다. 커피는 아니었지만 내가 아닌 누군가의 실수로, 그리고 결국 수연의 체육복을 입게 된다는 것까지 동일했다.

어쨌든 벌어질 일은 벌어진다는 걸까. 집에 가면 일기장을 제대로 확인해 봐야겠다고 생각했다. 황급히 달려온 수연이 자신의 체육복을 건넸다. 내가 블라우스를 벗자 수연이 급히 뒤를 돌았다.

"이 화장실은 멀어서 애들이 잘 안 와. 그래도 혹시 몰라서 아까 들어오면서 화장실 문도 잠가 뒀어. 그러니까 걱정하지 않아도 돼."

나보다 오히려 수연이 더 걱정이 많아 보였다. 나는 등 돌린 수연의 뒷모습을 보고 말했다.

"괜찮아. 보려면 보라지."

툭 던진 내 말에 수연이 작게 웃었다. 그러고는 여전히 등을 돌린 채 말했다.

"여전히 넌 당당하구나."

그 말에 체육복을 입던 손이 멈췄다. 화장실 거울 속에 비친 나를 봤다. 맞아, 나는 원래 이렇게 다른 사람이 뭐라 하든 별로 신경 쓰지 않았는데……. 여기선 누구도 나에게 '너는 이런 사람이야' 하고 말하지 않아서 행동이 자연스러워졌던 모양이다. 마치 예전으로 돌아간 느낌이었다. 아무 일도 없었던 그때로. 나는 여전히 뒤돌아 있는 수연의 어깨를 쳤다. 다 입었다는 의미였다.

"근데 걔는 누구야?"

수연은 그제야 뒤돌며 그 남자애의 이름을 말했다.

"김기석. 우리 학교에서 엮이면 안 되는 존재랄까? 되도록 가까이하지 않는 게 좋아."

아, 일진 같은 애인가.

"그 앞에 있던 애는?"

"아, 아마도 우리 반 애일 거야."

"응?"

"서해진이라고, 김기석이랑 같이 다니는 애야."

여태 친절히 부연 설명을 빼놓지 않던 수연이 이번에는 말을 아꼈다. 자기소개를 하며 반 아이들을 바라봤던 순간을 다시 떠올렸다. 뒷문 쪽에 빈자리가 하나 있었다. 아무 일도 없는 것처럼, 원만하게만 보이던 아이들 사이로 '희생자'가 한 명 있었던 모양이었다.

언젠가 어슐러 르 귄의 단편 소설 〈오멜라스를 떠나는 사람들〉을 읽은 적이 있다. 모두가 행복한 도시 '오멜라스'의 행복이 지켜지기 위해서는 한 아이의 희생이 필요했다. 그 도시에 사는 모두가 그 사실을 알고 있었다. 그 아이를 돕는 순간 오멜라스의 행복이 무너지는 계약이었기에 누군가는 평화를 유지하는 불편한 진실을 묵인했고, 누군가는 버티지 못하고 떠나갔다. 소설을 읽고 생각했다. 나는 언젠가는 불편한 진실을 묵인하던 도시의 사람이었다가, 언젠가는 갇혀 있는 소녀이기도 했다고. 그리고 끝내 떠났다고. 어딘가에 속했다가 밀쳐지는 건, 정말 한 끗 차이였다.

수연이 건넨 뽀송한 체육복은 내게 딱 맞았다. 소매에는 K.S.Y라는 이니셜이 박음질되어 있었다. 주인을 잃어버리지 말라는 듯. 작은 화장실 창문 너머 호스로 물 뿌리는 소리가 들려왔다. 또 이렇게 하나의 벽을 사이에 두고 삶이 달라진다.

"고마워. 진짜로."

내 말에 수연은 살짝 미소 지었다. 저 미소는 이 도시에 남는 사람의 표정일까, 떠나는 사람의 표정일까.

*

교실로 돌아와 자리에 앉았다. 1교시가 시작될 때쯤, 뒷문이 열리고 해진이라는 아이가 들어왔다. 머리카락이며 몸이며 온통 축축하게 젖어 있었다. 아무도 그 아이를 살피지 않았다. 수연의 뽀송한 체육복을 입은 나는 수업이 시작하자마자 책상에 머리를 박고 누운 그 아이에게서 애써 시선을 놀렸다. 보지 말자, 듣지도 말자, 조용히 그저 조용히 졸업만 하자. 자꾸 말을 되뇌었다.

그때까지는 몰랐다. 내게 졸업할 수 없는 미래가 있다는 걸.

3장

혼자가 되지
않기 위해

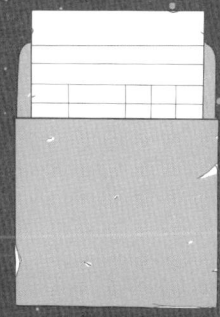

전학 첫날이 어떻게 지나갔는지도 모르는 사이, 어느새 집이었다. 오매불망 나를 기다리던 엄마는 저녁을 먹는 내내 오늘 하루는 어땠냐며 물었다.

"괜찮아, 좋았어."

"어떤 점이 괜찮았어?"

"학교야 다 똑같지."

"친구들은 어때?"

"다음 주에 당장 중간고사잖아. 별로 나한테 관심도 없던데."

"짝꿍인 애는?"

엄마의 취조 아닌 취조에 살짝 한숨을 쉬며 말했다.

"우리 반에 날 알고 있는 애가 한 명 있더라. 그 애가 내 짝꿍이야."

엄마의 가는 눈썹이 위로 올라갔다. 이래서 말 안 하려고 한 건데. 호기심이 가득했던 눈빛이 걱정 어린 눈빛으로 바뀌었다.

"어떻게 알아?"

"서화고에서 전학 온 애더라고. 작년 3월인가 입학하자마자 이 학교로 전학 왔대. 그래서 잘 몰라. 난 그 애 얼굴도 기억 못 하고. 날 멀리서 봤대."

"넌 괜찮아?"

"응, 괜찮아."

엄마의 목소리가 더욱 낮게 깔리기 전에 이 자리를 벗어나야 했다.

"엄마, 나 진짜 괜찮으니까 걱정 그만해도 돼. 내가 물가에 내놓은 애야?"

"나한테 넌 죽을 때까지 평생 애라니까."

"……알아."

싹싹 비운 밥그릇을 보이며 자연스레 식탁에서 일어났다. 간신히 엄마의 취조에서 벗어날 수 있었다. 거실 시계를 올려다봤다. 곧 9시였다. 일기장을 펼칠 시간이었다.

*

책상 위 일기장은 아침에 두고 간 그대로였다. 일기는

절대 보지 않겠다던 엄마의 약속이 지켜진 거다. 휴……. 엄마를 믿고 있긴 했지만, 그래도 다행이었다. 나는 책상에 앉아 다시 일기장을 살폈다. 겉표지를 싸고 있는 인조 가죽은 여전히 뻣뻣했다. 펼치면 첫 페이지엔 4월 14일 자의 일기가, 다음 페이지엔 4월 15일 자의 일기가 적혀 있었다. 어제 봤던 내용 그대로였다. 내가 미래를 바꿨어도 이미 적힌 일기장의 내용은 바뀌지 않았다.

그러나 9시 정각이 되자 일기가 눈앞에서 사라지기 시작했다. 글자가 적힌 잉크가 노트 안으로 스며들고, 순식간에 페이지가 말끔해졌다. 나는 일기장의 모든 페이지를 살펴보며 사라진 글씨의 행방을 찾았지만, 흔적도 보이지 않았다. 다시 아무도 쓴 적 없는 일기장으로 돌아온 것이다.

셋. 하루가 지나면 미래의 일기는 사라진다.

이 일기장은 정말 이 규칙대로 움직이고 있었다. 규칙에 적힌 하루의 기준은 밤 9시였던 모양이다. 나는 바뀐 미래가 적히는 것을 시험하기 위해 다시 비어 있는 날짜에 4월 15일을 적었다. 그러고는 30초를 셌다. 1, 2, 3, …, 30!

일기장은 여전히 텅 빈 채였다. 어떤 내용도 적히지 않았다. 이게 무슨 일이지. 나는 다시 도서 대출증에 적혀 있는 규칙들을 꼼꼼하게 읽었다.

> 셋. 하루가 지나면 미래의 일기는 사라진다.
> 똑같은 날짜의 일기를 다시 보기 위해서는 3일의 시간이 필요하다.
> (그러니 알게 된 내용을 다른 노트에 메모해 두는 것을 추천한다.)

아차 싶었다. 한번 날짜를 적어 미리 본 일기는 3일이 지나야 다시 알 수 있다는 의미였다. 무슨 웹툰 미리 보기도 아니고? 3일? 그런데 어차피 다 지난 후의 일이라 필요 없을 텐데……. 왜 이런 규칙이 있지?

아! 다시 한번 일기장의 규칙을 정독하다 보니 의문이 드는 부분이 있었다. 아니, 없어서 의문이 들었다. 이 일기장의 규칙 속에는 언제까지의 미래를 보여 준다는 한계가 없었다. 그 의미는 아주 먼 훗날의 이야기까지도 적어 볼 수 있다는 뜻이었다. 오늘 내가 한 것처럼 일기에 적힌 일을 바꾼다면, 나비 효과처럼 먼 훗날의 미래를 바꾸게 될지도 모른다. 그래서 똑같은 날짜의 미래를 다시금 확인할 수도 있다는 의미였다. 오늘을 바꾸면 미래는 얼마나 바뀌게 될까? 바뀔 수도 있고, 바뀌지 않을 수도 있었다. 아니, 그것보다도 나는 곧장 학교 홈페이지 들어가서 학사 일정을 살폈다. 내 졸업식은 대강 언제이려나. 2년 후 학사 일정은 적혀 있지 않았지만, 올해 졸업식 일정을 보니 2월 초일 거다. 나는 일기장에 졸업식으로 추정되는 날짜들을 적었다.

오늘의 날짜 : 2월 10일 화요일 / 오늘의 날씨 : 따뜻한데 추움

오늘은 엄마와 옷을 사러 갔다. 엄마가 이제는 교복 말고 다른 옷을 더 많이 입게 된다고 했다.

이날은 아니고……. 근데 날씨는 대체 어떤 생각으로 적은 거지? 미래의 나를 이해할 수 없었다. 곧장 다음 날을 적었다.

오늘의 날짜 : 2월 11일 수요일 / 오늘의 날씨 : 처량하게 추움

혼자 동네 산책을 했다. 불러낼 친구가 한 명도 없었다.

이날도 아니고. 그나저나 여전하구나. 이 주가 확실할 텐데……. 목요일이나 금요일일 거다. 한 번 더 날짜를 적었다. 그리고 마침내 찾아냈다.

오늘의 날짜 : 2월 13일 금요일 / 오늘의 날씨 : 싸늘하게 맑음

오늘은 졸업식이다.

13일의 금요일에 졸업식을 마주한 나는 약간 신나 보였다. 일기장 속에는 마침내 무탈하게 졸업했다는 기쁨이 적혀 있었다. 엄마가 선물해 준 꽃은 라일락이었다. 라일락의 꽃말은 젊은 날의 추억이었다. 내 학창 시절 추억 속에는 너무 많은 감정이 쌓인 듯했지만, 어쨌든 진선고에서 졸업하는 나의 미래가 일기장 위에 선명하게 나타나 있었다. 오긴 오는구나, 졸업이.

나는 이 일기장을 아주 현명하게 사용해 보기로 했다. 드라마틱한 미래를 꿈꾸지 않았다. 지금으로부터 2년 후, 2월 13일에 졸업할 수만 있으면 된다. 그냥 아주 평범하게 말이다. 어차피 당장에 할 수 있는 것도 없으니 너무 먼 미래는 적지 않기로 했다. 대신 앞으로 일주일마다 이 일기장에 날짜를 적어 미래를 확인해 보기로 했다. 더 많이 쓰지도, 덜 쓰지도 말고 딱 일주일씩만 확인하면 될 것 같다. 오늘 커피 대신 물줄기에 맞은 것처럼, 벌어질 일은 벌어질 터였다.

그냥 평범하게 살자.

나는 일기장 속에 16일부터 차곡차곡 일자를 써 내려갔

다. 한 페이지를 넘길 때마다 새로운 일기들이 쓰였다. 대출증에 적힌 규칙에 따르면 미래의 내가 적을 일기가 미리 보이는 것이라고 했다.

그러니 알게 된 내용을 다른 노트에 메모해 두는 것을 추천한다.

나는 책장에서 무지 노트 하나를 꺼냈다. 이 평범한 무지 노트에는 진짜 오늘 나의 일기를 쓸 거다. 규칙에서 알려 준 대로 미래에서 온 일기를 메모해 둘 생각은 없다. 그거야 기술의 발전을 활용하지 뭐. 나는 오늘 새로 적힌 미래의 일기들을 휴대폰 카메라로 찍었다. 1000만 화소로 저장된 미래들이 휴대폰 사진첩에 차곡차곡 쌓였다. 이렇게 저장해 두면 나중에라도 어떤 것이 바뀌었는지, 바뀌지 않았는지 알 수 있을 터였다.

이번에 알게 된 미래는 정말로 별것 없었다. 내가 중간고사에서 처참한 성적을 받는다는 것 정도? 게다가 아주 나답게 어떤 문제가 나왔는지보다, 철저히 망해 버린 중간고사에 대한 감정 서술이 빼곡했다. 일기를 읽는 내내 미래의 내가 하는 짓이 답답할 뿐이다. 제대로 적으라고! 차라리 정답만 나열해서 적었으면 훨씬 효과적이었을 텐데, 그게 아니라도 틀린 문제가 뭔지는 적었어야지! 그렇지만 일기가 오답 노트도 아니고 이런 게 당연하지! 그저 한탄하거나 합리화할 뿐이었다.

오늘의 날짜 : 4월 23일 화요일 / 오늘의 날씨 : 붉은 비

오늘도 시험을 시원하게 망쳤다. 어쩌겠는가. 공부할 시간도 없었을뿐더러, 선생님들의 스타일을 파악하기엔 시간이 촉박했다. 그럼에도 전학생을 똑같은 기준으로 평가하다니 이건 학교의 문제다.

뭐가 문제라는 말인가. 그냥 내가 공부를 안 한 탓일 텐데. 미래의 내가 적어 놓은 말에 어이가 없어 웃었다. 오히려 마음이 편해졌다. 공부를 안 해야겠다는 확신이 든 것이다. 공부해도 어차피 망할 텐데, 공부하고 망하느니 공부하지 말고 망하자.

근데 진짜로 중간고사를 망해 버렸다. 모든 과목이 완전히 박살 났다. 한동안 공부를 쉰 게 큰 영향을 준 모양이었다. 일기장을 통해 알고는 있었지만 이렇게 망할 줄은 몰랐다. 왜 미래의 내가 열심히 자기 합리화를 했는지 이제야 알 수 있었다. 날씨의 붉은 비를 정확하게 이해할 수 있었다. 나의 시험지를 보고 수연이 괜찮냐는 눈빛을 보냈다. 나는

웃으며 답했다.

"괜찮아, 전학 온 지 얼마 안 됐잖아."

지난 일주일 동안 수연과는 꽤 친해졌다. 수연 역시 이번에 2학년이 되면서 친했던 친구들과 반이 갈라졌다고 했다. 그래서 오히려 전학생인 내가 편하다고 말했다.

"다들 이미 친한 애들이 있으니까. 내가 다가서기가 더 어렵더라고."

나는 공감의 의미로 고개를 끄덕였다. 친구가 된다는 건 어쩌면 서로 잘 모르는 사이여야 다가가기 편하기도 했다. 애매하게 아는 사이가 가까워지기엔 더 어려웠다. 알고만 있다는 건, 알게 모르게 서로 판단한 사이라는 뜻이었다. 얕은 판단으로 만들어진 한 꺼풀의 편견은 오히려 벗겨지기 어려웠다.

"맞아, 전학 온 지 얼마 안 됐으니까 이번 시험은 솔직히 잘 볼 수가 없지!"

수연은 밝게 나를 위로했고, 나 역시도 별생각이 없었지만, 담임 선생님은 아니셨나 보다.

*

오늘은 중간고사 성적표가 나왔고, 담임 선생님이 나를 교무실로 불렀다.

"혹시 학교에 적응하기 힘드니?"

일기장에 적힌 그대로 친절하게 묻는 담임 선생님의 말에 나는 어떻게 말해야 할지 머뭇거렸다. 이건 학교의 잘못이 아니라 공부하지 않은 내 탓인데.

"아뇨, 선생님도 아시겠지만 제가 전학 오자마자 곧바로 친 시험이라서요."

"그래, 그렇지."

담임 선생님은 입에 힘을 주며 으음, 하고 소리를 내더니, 이내 나를 따뜻한 눈빛으로 쳐다봤다. 부담스러웠지만 부담스럽다고 하면 상처받을 것 같았다.

"친구들은 어때? 수연이랑 같이 다니는 것 같던데. 같은 학교에서 전학 온 거라 힘이 되지?"

아, 이렇게 또 묶인다. 자꾸 어른들은 묶어 두기 바쁘다. '네가 재랑 친하고, 애랑은 어색하구나' 하며 자꾸 가른다. 어른들 눈에는 다 보인다고 했다. 그 사이에서 나는 어색하게 답할 수밖에 없다. 그렇다고 아직 누구하고도 친하지 않다고 말하면 더 불안하게 바라볼 것이 뻔해서 사실상 그들의 불안함을 덜어내 주기 위해 나는 그냥 좋다고 말한다.

"아, 그쵸. 좋아요."

자꾸 누군가와의 관계를 나보다도 잘 아는 양 정의하는 게 불편했다. 잘 알지도 못하면서 고작 친구 관계로 나를 판단하는 게 싫었다. 물론, 아무런 의미 없는 말이라는 것을 안다. 내 앞의 선생님도 이 시간에 무슨 말을 해야 할지 고민했겠지. 그래, 내가 지나치게 예민한 거다. 이건 모두 내 탓이라고 화살을 자꾸만 돌려 대고 있지만, 내가 바라는 건 하나였다. 나를 나로만 판단해 달라고. 에둘러 판단하여 말하지 말아 달라고. 아니 그냥, 판단하지 말아 달라고. 떼쓰듯이 부탁하고 싶지만, 입을 닫는다. 분란은 싫고, 싸움은 지쳤으니까. 그러니까 이건 다 내 과민 반응이다.

"다음 주부터는 본격적으로 체육 대회 준비를 시작하니까 다른 애들이랑도 친해질 기회가 생길 거야."

친구가 많아야 괜찮은 아이가 되는 건 변치 않는다. 언젠가 나 역시도 믿어 왔던 진리였다. 친구가 없이 홀로 다니면 그 아이가 이상한 애였다. 가치가 있다면 모두가 잡아 두려고 애썼을 것이다. 바다에 부유하지만 누구도 굳이 잡지 않는 해파리처럼, 그물 안에 들어와도 다시 바다로 내보내지듯이 말이다.

"네, 그럴게요."

그런데요, 선생님. 뒷문 앞에 앉은 그 아이는 왜 궁금해하지 않으세요?

**

　미래를 알게 되면서 가장 어려운 건 벌어질 일을 그대로 벌어지게 두는 거였다. 물론 나에게 벌어지는 일 중 최악의 사건―커피가 블라우스에 쏟아진다거나 하는―은 최대한 일어나지 않도록 애썼다. 그렇지만 다른 아이들에게 벌어지는 사건은 그냥 눈을 감았다. 미래를 바꾸는 것이 위험하다는 건 수많은 소설이나 영화, 드라마에서도 나오지 않나. 한마디로 타임 패러독스, 내 운명을 바꿀 정도의 특별한 선택은 절대 하지 않았다. 나 정도면 가장 현명한 일기 사용자가 아닐까. 큰 줄기는 그대로 가져가되, 작은 디테일 정도만 바꿨다. 너무 크게 사건을 바꾸면 미리 본 일주일 동안의 일기 내용까지 쓸모없어지기 때문이기도 했다.

　일주일 주기로 일기를 살피는 일은 내가 겪을 일들의 커다란 맥락을 파악하고자 함이 컸다. 예를 들어 야간 자율 학습을 신청할지 말지를 고민할 때는, 자습을 신청한 이후의 미래를 알아야 했다. 무슨 일이 벌어지는지 알게 된다면, 좀 더 현명한 선택을 하게 될 터였다. 나 외의 다른 이들의 미래는 안다고 해도 무시했다. 어차피 남 일이었다.

　그런데 그 일은 막아 줄 수밖에 없었다. 중간고사가 끝나고 체육 대회를 준비하던 날이었다.

오늘은 체육 시간에 피구 연습을 했다.

안경을 쓰고 피구를 하던 혜지가 잠시 한눈을 판 사이, 얼굴에 공을 맞아 코 받침이 부러지고 피가 날 정도로 크게 다치게 된다는 내용을 본 날이었다. 그것도 나의 옆에서 말이다.

내 옆에 서 있던 혜지가 피구 공에 얼굴을 정통으로 맞았다. 문제는 혜지가 안경을 끼고 있었다는 거였다. 혜지의 콧잔등과 눈 사이가 찢어져 피가 흘렀고, 운동장에 비명이 가득 찼다.

침을 꼴깍 삼켰다. 평소처럼 모른 척해야 했다. 내 일도 아니고, 남 일인데. 그런 일이 일어날 게 어쩌면 혜지의 운명이 아닌가. 그렇지만 그 일에 수연이 엮여 있다는 것이 문제였다. 혜지에게 공을 던진 사람이 수연이었다.

공을 던진 수연의 얼굴은 사색이 되었다.

평소 수연을 보자면, 엄청나게 미안해하는 것을 넘어서 자책할 터였다. 그렇다. 괜히 수연이랑 친해져서 그냥 넘어가질 못하게 된 셈이다. 거리를 더 좁혀선 안 됐는데······.

칭찬은 고래도 춤추게 한다는데, 매번 나에 대해 칭찬만 하는 사람 앞에서 마음이 안 열릴 사람은 없을 거다. 수연은 항상 나를 그날 이전의 나로 평범하던 나예윤으로 돌려놓았다. 그러니 수연이 괜히 굴을 파고 들어갈 사건을 그대로 두고 싶진 않았다.

내가 처음 생각해 낸 아이디어는 혜지가 안경을 벗도록 제안하는 거였다.

"혜지야, 피구할 때 안경 안 불편하겠어?"

"아 걱정하지 마. 나 체육 잘해. 다 피할 수 있어."

뭐, 이렇게 자신감 넘치는 애가 있지? 실제로 혜지가 우리 반 체육 1등이라는 것은 나중에서야 알았다. 공부도 잘하는 애가 운동도 잘하는 건 반칙이 아닌가. 두 번째 작전으로는 내 옆에 혜지가 서지 않게 하는 것이었다. 웬걸, 자꾸 혜지가 내 옆에 서는 거다. 심지어 피구에 집중도 못 하는 것 같았다. 자꾸 스마트워치를 힐끔힐끔 쳐다봤다. 이제 세 번째 작전…… 그런 건 없었다. 수연이 공을 잡지 않길 간절히 바랐다. 한동안 수연이 공을 잡을 일이 없이 무탈하게 수업이 끝나가려던 차였다. 그 순간이었다. 수연이 마지막으로 공을 붙잡았다. 수업을 끝내는 종이 침과 동시에 공이 날아왔다. 나는 본능적으로 혜지의 얼굴 앞으로 팔을 뻗었다. 그냥 막아 주는 것, 그 방법뿐이었다. 수연이 던진 공은 혜지의 얼굴이 아니라 내 팔뚝을 맞고 떨어졌다. 그 순간, 아이들의 환호성이 터졌다. 마치 스파이더맨 같다며, 이렇게 순발력이 좋은지 몰랐다고. 그래도 피구의 규칙상 아웃이었다. '가장 영광적인 아웃'으로 경기장을 빠져나오는 나를 수연이 얼빠진 표정으로 쳐다보았다.

경기가 다 끝나고 혜지가 나에게 다가와 말했다.
"고마워. 네가 아니었으면 공을 정면으로 맞을 뻔했어."
"뭐, 나도 놀라서 팔을 뻗었을 뿐이야."
교실로 돌아가는 길에 수연은 넌지시 물어왔다. 괜찮냐고, 아팠을 것 같다고. 그런데 참 이상하다고 말이다.
"나는 거기로 조준하지도 않았는데, 공이 거기로 가는 느낌이었어. 거기로 가야 할 공이었던 것처럼."

*

그날을 기점으로 예상하지 못한 일이 벌어지기 시작됐다. 나는 반 아이들 사이에서 친절한 이웃 스파이더맨이 되었다. 꽤 괜찮은 별명이었다. 내 옆에만 있으면 사고가 덜 난다는 거였다. 어쩌다 보니 이런 일은 종종 생겼다.

이동 수업 시간에 옥상에서 화분이 떨어졌다. 그 아래 서 있던 해진이 화분에 맞아 어깨를 다쳤다. 학교에 구급차가 올 정도였다. 귀를 스쳐 떨어져서 찢어진 귀에서 피가 흘렀다.

이동 수업 시간에 일부러 해진의 뒤에 섰다. 내 옆에 있던 수연은 왜 그렇게 내가 해진을 졸졸 쫓아 다니는지 영문을 몰라 이상하게 봤지만, 그냥 내 앞에 해진이 있을 뿐이라며 둘러댔다. 그리고 마침내 화분이 떨어지던 순간, 해진을 뒤에서 확 밀쳤다. 이 때문에 해진은 앞으로 넘어져 손바닥이 깨지긴 했지만, 결론적으로는 구해 냈다. 머리가 깨지는 것보다는 낫지 않나. 직전까지 해진이 서 있던 곳에 화분이 박살 나 있었다. 까진 손바닥을 확인한 해진이 나를 이상한 눈으로 보았다. 아이들은 이번에도 환호했다.

"야, 서해진. 너 지금 예윤이 아니었으면 화분에 맞을 뻔했어!"

그 환호의 중독성은 엄청났다.

지민이 옆 반 진호에게 고백을 받았다며 큰 소리로 울었다.

지민에게는 아무 이유나 둘러대면서 그쪽 길로 가지 말라고 말해 줬다. 다음 날 지민이 나를 찾아왔다.

"예윤아, 진짜 소름끼치는 일이 있었다? 네가 그날 나은행 앞쪽 길로 가지 말라고 했잖아. 거기 공사한다고. 근데, 내가 진짜 싫어하는 애가 거기서 나한테 고백하려고 기다리고 있었다는 거야."

속사포처럼 자신의 이야기를 쏟아 냈다. 그 애가 기다리고 있었다는 사실이 너무 섬뜩했다고. 덕분에 살았다고.

"너 진짜 그런 능력이라도 있나 봐."

지민은 교내에서 싫어하는 이를 찾아보기 힘든 인싸 중의 인싸였다. 진선고의 셀럽인 지민이 그렇게 인정해 주는 순간, 나는 무언가의 중심으로 끌려가는 듯했다. 담임 선생님은 나에게 요즘 다른 애들하고도 사이가 좋아 보인다고 했다. 그게 싫지 않았다. 일기장에 적는 날짜들이 늘어나고 있었다. 더 많이 알아야 했다. 더 정확히 알아야 나의 편이 될 아이들이 늘겠지 싶었다. 그래서 자꾸만 남의 일에 끼어들기 시작했다.

*

그러던 중 난데없이 아현의 이름이 일기장에 나타났다.

아현이 거짓말을 했다. 사소한 거짓말로 순식간에 반 분위기가 바뀌는 것을 느꼈다.

아현은 지민과 함께 다니는 친구 중 한 명이었다. 항상 아현은 지민의 옆에서 '나도 알아!' '나도 가봤어!' '나도 해봤는데!' '나도 그거 좋더라!'라는 말을 습관처럼 했다. 잠자코 들어 보면 그냥 애들의 대화에 섞이기 위해서 하는 사소한 거짓말이라는 걸 단박에 알 수 있었다. 나 역시 그랬었다.

"나도 같이 갔었는데!"

"거짓말!"

그냥, 아무 생각 없이 내뱉었던 맞장구가 나를 거짓말쟁이로 만들어 옭아맸던 날이 떠올랐다. 비웃음의 중심에 섰던 그날, 사소한 거짓말이 커다란 의심으로 돌아왔던 그날이 불쑥 다가왔다. 그렇다, 있었던 일이 없던 일이 되진 않는다. 그래서 굳이 아현의 이야기를 일기에 적은 모양이었다. 갑자기 싸해진 분위기와 함께 돌아온 조소가 얼마나 무서운지 잘 알아서.

지민이 아현이 거짓말하고 있다는 걸 꼭 짚어 말했다. 어제 라방에서는 그런 얘기를 한 적이 없다고 했다. 이건 분명한 시험이었다.

지민이 일부러 좋아하는 아이돌이 라방에서 하지 않은

말을 했다고 말했고, 아현은 안 봐서 몰랐던 내용을 듣고서는 맞다고 맞장구를 친 모양이었다. 근데 무슨 내용을? 나의 머릿속에 물음표가 떴다. 아, 이걸 내가 직접 봐야 하는구나. 일기엔 내가 아는 내용만 적히니까. 이마를 탁 하고 쳤다. 관심 없는 사람의 라방을 보는 일이라니, 지루하기 짝이 없지만 그래도 아현을 나와 똑같은 상황에 그대로 둘 수는 없었다.

근데, 지민이가 좋아하던 아이돌이 누구였더라.

*

아직은 아현이 거짓말을 하기 전이었다. 그 거짓말을 막고 싶었다. 나는 이전과 달리 나름 체계적으로 준비하려 애썼다. 우선 지민이가 가장 좋아하는 아이돌을 알아내야 했고, 그 최애의 라방을 놓쳐선 안 되었고, 마지막으로 알게 된 라방의 내용을 아현에게 전해야 했다. 어떤 내용을 지민이 물어볼지는 모르니 최대한 요약해서 모든 걸 말해 줘야 했다.

다만 이 계획의 맹점이라면, 내가 전학 온 이후로 아현과 한 번도 말을 섞어본 적이 없다는 것이다. 차라리 아현과 조금이라도 친했다면 그냥 아예 라방을 챙겨 보라고 했을 텐데……. 난데없이 오늘 저녁에 꼭 지민의 최애가 하는 라방을 놓치지 말라는 말을 어떻게 한단 말이냐. 게다가 보통 라방은 예고 없이 할 텐데, 내가 그 사실을 알고 있다면 굉장히 수상쩍게 보일 것이다. 자칫 미래를 안다는 사실이 들킬 수도 있다. 혹여나 일기를 통해 미래를 알 수 있다는 것이 알려지면, 일기장은 분명 산산조각이 나고 말 거다. 귀한 것은 사람들에게 들키지 않게 꼭꼭 숨겨야 한다는 할아버지의 말이 떠올랐다. 할아버지가 이런 마음이었을까.

아현의 거짓말을 막아 보려는 나의 계획에 머리가 아파 왔다. 걔는 왜 그날 최애 라방을 안 봐 가지고. 투덜거리면서도 문득 생각했다. 그냥 못 봤다고 하면 됐을 텐데……. 그날의 나도 가 본 적이 없다고 말했다면, 그랬다면 벌어지지 않았을 틈이라는 걸 나 역시 뒤늦게 깨달았다.

지민의 최애를 알아내는 건 아주 쉬운 일이었다. 교실에서 지민이 큰 소리로 외쳐 댔기 때문이다.

"어제 봤어? 댄 진짜 미쳤지?"

아, 지민의 최애는 댄이었지. 오빠도 되었다가, 친구도 되었다가, 귀여운 아기도 되는 게 최애의 역할이었다. 생각하지 못한 변수 중 하나는 지민의 최애가 SNS 라방을 한 게 아니었다는 것이다. 지민의 최애는 아예 SNS 계정이 없었다. 아마도 연예인들과 팬이 만나는 유료 소통 앱에서 한 라방인 것 같았다. 하, 나의 4500원.

한창 지민의 목소리에 귀 기울일 때였다. 수연이 슬그머니 물었다.

"어제 기사 봤어?"

"어떤 거?"

"다른 학교에서 선생님이 학생을 성추행한 사건 말이야!"

"아, 그 사건 어제가 재판이었지?"

최근 뉴스에서 떠들썩한 이슈 중 하나였다. 선생님이 학생을 성추행했는데, 교내에서는 쉬쉬하며 넘어간 일이었다. 아직까지는 피해 학생의 증언이 유일한 증거지만, 피해 학생이 진술한 내용이 하나같이 구체적이고 사실적이었다. 그 피해 학생도 일기를 썼다고 했다. 공포에 사로잡혀 써 내려 간 그날의 일기가 증거 중 하나였다.

"재판 이길 수 있을까? 현장 증거가 하나도 없다던데……."

"이길 수 있을 것 같아."

나의 확신에 가득 찬 말에 수연은 의문 가득한 눈으로 바라봤다.

"어떻게 그렇게 알아?"

"그런 놈들은 한 번만 그랬을 리가 없어. 분명 다른 피해자가 나올 거고, 그들이 증인이 되어 줄 거야."

"증인이 되어 줄까? 어쨌든 남 일이잖아."

"당연하지."

"어떻게 그렇게 확신해?"

때마침 담임 선생님의 아침 조회가 시작됐다. 나는 그냥 말을 흐렸다. 이런 사건에 대해 함부로 말하고 다니면 안 된다는 걸 아니까. 대신 수연에게만 들릴 정도로 작게 말했다.

"그냥, 그렇게 될 것 같은 느낌이야."

수연은 살짝 미소 지었다.

"너는 느낌이 잘 맞는 편이잖아. 이번 느낌도 맞으면 좋겠다."

내 느낌대로 흘러간다면 아현의 거짓말도 막을 수 있겠지. 그렇게 지민의 최애 라방 챙겨 보기 미션이 시작됐다.

*

생각하지 못했던 또 다른 변수는 지민의 최애가 팬 사랑이 엄청 두둑한 사람이라는 점이었다. 1시간 정도 될까 싶었던 라방이 2시간을 넘어서고 있었다. 책상 앞에 앉아 타임라인에 따라 그의 라방 내용을 정리하고 있으니, 나 역시 그의 팬이 되겠다 싶었다. 지민이 아현에게 무엇을 물어볼지를 몰랐기에 최대한 꼼꼼하게 필기했다. 이렇게 공부했으면 중간고사 때 담임 선생님한테 불려 가지 않았을 텐데. 괜히 떠오르는 상념을 지워 가며 열심히 필기했다. 유명한 팝송도 불러 주고, 애교 챌린지도 해 주고, 오늘의 TMI도 말해 주고, 팬들의 고민 상담도 해 주고, 다음 활동 안무 스포까지 깨알 포인트가 많은 라방이었다. 아니, 안 해 준 게 대체 뭐야.

이제 이걸 자연스럽게 아현에게 전달하기만 하면 되었다. 제일 쉽지 않은 단계였다. 내가 택한 계획은 일종의 바이럴 마케팅이었다. 수연에게는 미안했지만, 수연은 알게 모르게 이 계획에 필수적이었다. 수연에게 말하는 척 아현에게 말해야 했으니까. 나는 아현이 매번 조회 직전 화장실을 간다는—며칠 동안의 관찰 끝에 얻어낸—정보까지 확보한 채 기다렸다. 여느 날처럼 아현이 화장실에 갈 때 나 역시 수연을 끌고 화장실로 향했다. 나는 일부러 커피를 묻힌 블라우스를 닦아야 한다며 수연에게 같이 가 달라고 했다.

"그래, 같이 가자."

순순히 따라 나온 수연은 나와 함께 복도를 나란히 걷다가, 아침 뉴스를 봤다며 밝게 웃었다.

"아, 맞다! 뉴스 보니까 네 말대로 또 다른 증인들이 나타났더라."

내가 괜히 거드름을 피우듯 팔짱을 끼고 말했다.

"그치? 내가 말했잖아. 해결될 거라니까."

"뉴스에서 담당 변호사님 인터뷰도 했는데, 너무 멋지신 거야! 어쩜 그렇게 말을 잘하지?"

"변호사가 말하는 직업인데 말을 못하면 어떡하냐!"

내 말에 수연이 그러네, 하고 깔깔 웃었다. 며칠 동안 잔뜩 걱정하던 일이 해결되자, 수연은 잔뜩 후련해 보였다. 알지도 못하는 남 일임에도 불구하고. 수연과 점점 친해지며 알게 된 수연의 면모는 유독 남의 불행에도 쉽게 공감한다는 것이었다. 본인의 일도 아니면서 재판에서 이길 것 같은 예감이 들었는지 잔뜩 들떠 있었다.

"그나저나 너 혹시 댄이라고 알아?"

나는 화장실에 들어가자마자 수연에게 큰 소리로 말했다. 손으로는 커피를 묻힌 블라우스를 벅벅 빨면서 준비한 말을 쏟아 냈다.

"알지, 지민이 최애 아냐?"

"그니까, 어제 라방을 거의 3시간을 하더라고."

"3시간이나?"

"응, 지금 빌보드 1위 한다는 팝송도 불러 주고, 애교 챌린지도 해 주고, TMI로 샌드위치도 먹었다고 말해 주고, 어떤 팬이 꿈 얘기를 하면서 상담하는 걸 올리니까 친절하게 상담도 해 주고, 다음 활동 안무 스포까지 해 주더라니까!"

"아, 그랬어?"

내 말을 받아 주던 수연이 의아하다는 듯 고개를 갸웃했다. 그런 반응이 당연하다. 난 한 번도 수연이 앞에서 댄이라는 아이돌에 대한 이야기를 한 적도 없거니와, 내가 좋아하는 건 영화나 소설 속 캐릭터라며 좋아하는 주인공들의 이름만 읊고는 했으니 말이다. 사람보다 믿을 수 있는 건 캐릭터라고 언젠가 수연에게 일장연설을 한 적도 있었다. 수연도 딱히 연예인에 관심이 없다고 했고. 그럼에도 나는 말해야 했다. 화장실 칸 안에 있을 아현이 들으라고 말이다.

쏴아아—

아현은 수연에게만 눈인사를 하더니 손을 닦고 나갔다. 블라우스를 빨고 있는 나는 관심도 없다는 듯 아는 척도 하지 않았다. 지금 내가 누구 때문에 이러는데.

"근데 네가 댄한테 그렇게 관심이 많았나?"

"아, 그냥 어제 갑자기 보고 싶더라고."

나는 커피 얼룩을 지워 말끔해진 블라우스를 선보였다.

"자, 깔끔하지? 얼른 들어가자."

수연은 더 묻지 않고 고개를 끄덕이더니, 내게 팔짱을 꼈다.

 실제로 들은 지민의 질문은 굉장히 심플했다. 아니, 질문이 아니라 모르면 자연스럽게 맞장구를 치게 되는 말이었다.

 "나 어제 댄 오빠가 라방에서 추천해 준 메뉴로 저녁 먹었잖아."

 지민의 말은 분명한 시험이었다. 왜냐하면 그 라방은 월드 투어 중이라며 시차 때문에 자정에 시작했으니까. 덕분에 오늘 아침에 일어나기가 얼마나 힘들었던지……. 그 때문에 커피도 아침부터 사 온 거였다. 블라우스 작전에 잘 활용하긴 했지만. 그러니까 댄은 저녁을 추천해 주지 않았다. '한국은 이미 너무 늦은 시간이죠?'라고 말했을 뿐. 아현에게 화장실에서 말해 준 적이 없는 정보였다. 이럴 때는 끼어들 수밖에 없었다. 정말로 이런 전개는 원하지 않았다.

 "아? 댄 오빠가 저녁을 추천해 줬었나? 어제 라방 엄청 늦게 했잖아!"

 아현이 대답하기도 전에 내가 선수를 쳤다. 그러자 지민의 표정이 당황한 듯했다. 그러나 바로 표정을 바꿔 귀엽게 스스로 머리를 콩하고 치더니 말했다.

 "아, 그러네. 내가 정신이 나갔나 봐. 어제가 아니라 저번 라방에서 그랬지! 근데, 예윤이 너 댄 오빠 좋아해?"

이런, 이렇게 다시 되물어 올 줄은 몰랐다. 지민의 순수해 보이는 눈빛이 나를 꿰뚫는 듯했다. 거짓말을 해야 하나 말아야 하나.

"그냥, 요즘 조금 관심이 생겨서 한번 찾아봤어. 맨날 내 타임라인에 뜨더라고. 그래서 구독도 하고."

"어, 그게 시작인데, 입덕 부정기 오는 거 아냐?"

지민이 농담하며 다가오더니 댄의 사진들을 우수수 보내 줬다. 지민이 최애 영업에 한창 열을 올릴 무렵, 그 옆에 아현이 어색하게 웃으며 나를 바라보고 있었다. 고맙다는 건지 아무 생각이 없는 건지 표정의 의미를 알 수 없었지만, 나는 괜히 어깨가 올라갔다. 그래, 최아현 내가 너 한 번 도 왔다. 네가 알지는 모르겠지만.

※

일기장을 통해 아이들 사이 내 편을 만드는 건 꽤나 쉬웠다. 애들이 겪을 무안한 상황이나 다치는 상황들을 피하게 해 주면 됐다. 하루 중 고작 1분이 될까 말까 한 순간들이니 미래에 큰일이 벌어질 일은 없을 거였다. 그리고 내 편을 만드는 게 이후 학교생활에 도움이 될 수 있을 것 같기도 하고.

점차 애들은 나에게 뭔가 능력이 있는 것 같다고 말했다.
"예윤이 말을 들으면 사고를 막 피해 가는 것 같아."
그렇게 반 아이들 사이에서 묘한 존재감이 생겨났다. 아이들 중심에 있는 것 같다는 생각이 들었다. 일종의 중독이었다. 존재감 중독, 인정 중독, 내가 중독되었던 감각이었다.
그러다 어느 날이었다. 지난 하굣길에 지민이 발목을 크게 다쳐서 반깁스를 하고 온 날이었다.
"아, 어제 예윤이랑 같이 있었으면 사고도 피해 가는 건데, 그치?"
내가 모르는 미래는 일기에 적히지 않는다. 내가 보거나 듣거나 알아야 일기를 쓸 수 있을 테니 말이다. 하지만 지민이 그렇게 말하자 맞장구치는 아이들을 보며 나의 역할을 체감했다. 한마디로, 나는 도움을 주지 않으면 이 아이들에게 아무것도 아니라는 의미였다. 내가 또 속아 넘어갔구나. 다들 내가 오늘은 무엇을 먹었는지, 무엇을 했는지 궁금해하지도 않는데. 그저 내가 자신들을 지켜 주기 때문에, 사고를 피하게 해 주기 때문에 필요했던 거였는데…….
"애들아, 아침 자습 시간이잖아. 조용히 하자!"
반장인 혜지의 목소리에 아이들은 하나둘 자기 자리를

찾아갔다. 소란스럽던 공기가 조용해졌다. 혜지의 목소리가 새삼 반갑게 느껴졌다. 옆에 앉아 있던 수연이 작게 말했다.

"괜한 생각하지 마. 네가 모르는 게 당연해. 여태 네가 도와준 건 다 잊었나 보다."

수연이 작게 나의 등을 토닥였다. 진짜로 수연이 편한 이유를 알았다. 수연은 나를 필요해하지 않았다. 바라는 것이 있는 게 아니라, 그냥 나 자체로 바라봐 줬다. 내가 수연을 돕든 돕지 않든, 그냥 나로 말이다.

체육 대회까지 하고 나서 더욱 끈끈해진 아이들 사이에서 여전히 나는 수연과 함께 다녔다. 지민이 발목을 다친 그날 이후로, 나는 미래를 보는 걸 멈췄다. 미래를 알게 되면 아이들에게 좋지 않은 일이 일어나지 않게 해 줘야 할 것 같았다. 계속 작은 미래들을 바꿔 주다 보면 내가 도울 수 없는 일도 왜 도와주지 않았냐고 말할 것 같았다. 이런 관계는 건강하지 않다는 걸 나는 잘 알고 있었다. 그리고 놀랍게도 내가 미래에 대해 모르게 된 순간, 아이들은 더 이상 나의 이름을 부르지 않았다.

4장

뒤바뀐 미래

인생이 이미 결말이 적힌 책과 같다면, 맨 뒷장을 펼쳐 볼 수 있겠지. 언젠가 나는 그런 생각을 한 적이 있었다. 어떤 선택을 해도 틀릴 것 같을 때, 지금 어디로 가야 할 지 모를 때 따라갈 가이드가 있으면 좋겠다고. 문제집을 풀 때 막히는 문제를 마주하면 맨 뒷장의 답안을 펼쳐 보고 싶은 것처럼 말이다.

엄마는 늘 나에게 공부를 진짜 잘하려면, 답안을 펼쳐 보고 싶은 마음을 참아 내야 한다고 했다. 그 마음을 참지 못하겠으면 답안지를 그냥 떼어 버리라고 했다.

"답안지를 떼어서 버리면 어떡해. 그러면 아예 채점을 못 하잖아!"

"너한테 지금 필요한 건 문제를 푸는 거야. 맞히는 게 아니라."

엄마는 어릴 적부터 공부를 잘하기로 소문난 모범생이

었고, 나는 그저 보통의 아이였기에 엄마의 말이 야속하게 들렸다.

"네가 그렇게 좋아하는 소설책도 결말을 알고 보면 훨씬 재미가 없을걸?"

맨 뒷장의 결말을 미리 알게 된 소설이 재미없다는 것도 편견이 아닌가. 결말을 알고 마음 편히 주인공의 성장기를 읽는 것도 즐거운데. 나쁜 범인이 무조건 잡힐 것이라고 생각하며 읽는 게 얼마나 마음이 편안한데. 자꾸 엄마는 말했다. 그건 너무 쉬운 방법이라고.

"결말부터 확인하면 네가 이야기를 상상할 기회를 놓치게 되는 거야."

그런데, 엄마, 내가 최악의 결말을 상상한다면요?

그래도 괜찮을까요?

*

중간고사를 본 지 얼마 지나지 않은 것 같은데, 벌써 기말고사가 코앞으로 다가왔다. 비록 3주밖에 남지 않았지만 나는 급하게 학교 야간 자율 학습을 신청하기로 했다. 엄마가 나의 중간고사 성적표를 발견했기 때문이었다. 엄마는 아무 말도 하지 않았다. 그게 더 무서웠다. 왜 아무 말도 안

하는 거지. 나는 뭔가 액션을 취해야 했다. 그래서 선택한 게 야간 자율 학습이었다. 담임 선생님은 내 말에 다행이라며 가슴을 쓸어내렸다. 이렇게나 내 성적을 걱정했던 건가.

수연은 원래 야간 자율 학습을 하지 않았지만, 내가 한다는 말에 '그럼 한번 같이 해 볼까'라며 신청했다. 중간고사가 지나고 나서야 제대로 알았는데, 수연은 꽤나 공부를 잘하는 편이었다. 무려 반 2등이었다. 1등은 역시나 혜지였다.

공부를 하다 쉬는 시간이면, 나는 수연과 함께 학교를 산책했다. 오늘도 마치 회전 초밥처럼 운동장을 돌고 또 돌았다. 그러다 수연이 다른 쪽으로 나를 안내했다. 한 번도 올라가 본 적이 없었던 곳이었다.

"이쪽으로 가 볼래?"

수연이 안내한 곳은 학교 옥상에 있는 작은 정자였다. 평소엔 옥상 문이 닫혀 있어서 존재하는지도 몰랐던 공간이었다. 옥상 위에서 하늘을 바라보니 해가 지고 있었다. 여러 색이 뒤섞여 어떤 색이라고 말하기 힘든 하늘 색이었다.

"아름답지?"

"응, 진짜."

수연이 편안한 표정으로 하늘을 바라봤다. 나는 문득 궁금해져서 한 번도 묻지 않았던 미래를 물어봤다.

"너는 공부 잘하잖아. 졸업하면 뭐 하고 싶어?"

"글쎄다. 일단 내 목표는 무탈하게 졸업하는 건데."

의외였다. 수연의 목표와 내 목표와 같다는 것에 전혀 기쁘거나 반갑지 않았다. 다른 사람의 입에서 들린 그 말은 생각보다 공허하게 들렸다.

"왜? 졸업하면 좋은 대학 가야지? 너는 전교권이잖아."

"우리 부모님처럼 말하네."

수연이 재미있다는 듯 웃었다. 나는 아무 말도 못하고 가만히 있을 수밖에 없었다. 진짜 꼰대 같은 말이었다.

"그냥, 아직 졸업하고 나서는 못 정해서. 그럼 너는 목표가 뭔데?"

수연의 물음에 나는 머뭇거리며 답했다. 내가 뱉어 낸 '왜'가 다시 돌아올 것 같아서.

"나도 졸업이 목표야. 그냥 졸업만으로도 충분한 것 같아. 우리 엄마가 들으면 난리겠지만."

수연은 '왜'라고 묻지 않았다. 그냥 '다음'을 물었다.

"그럼 우리의 목표인 졸업식에서 우린 뭐 하고 있을까?"

"그냥 평범하게 졸업하겠지. 학사모도 던지고."

"진짜 그랬으면 좋겠다."

점차 해가 지면 질수록 하늘은 더 예쁘게 물들었다. 가장 밝던 빛이 사그라들 때야 더 다채로운 빛을 하늘 위에 퍼뜨린다니. 이유는 모르겠지만, 문득 세상은 원래 이상한 거라는 할아버지의 말이 떠올랐다.

"어쩌면 저렇게 하늘이 예쁘게 색칠된 것 같지?"

"그건 빛의 산란 때문……."

내가 노을빛을 과학적으로 설명하려는 수연을 째려봤다. 나의 눈빛에 수연은 그저 입을 닫고 고개만 끄덕였다. 그런데 옥상 열쇠는 어떻게 얻은 거지? 항상 닫혀 있는 곳인데.

"그나저나 옥상 열쇠는 어떻게 얻은 거야?"

"맞혀 봐, 너는 느낌이 좋잖아."

"야, 이건 이미 벌어진 일인데 내가 어떻게 맞혀?"

"오, 뭔가 미래라면 알 수 있나 보다? 그럼 졸업식에서 우리가 뭐 하고 있을지도 알겠네."

나는 뜨끔했다. 수연은 이따금 날카로운 질문을 했다. 슬슬 어두워지는 하늘빛에 수연의 표정이 서서히 흐릿해 보였다. 어떤 표정인지 쉽사리 알기 어려웠다. 그래서 수연의 목소리가 더 선명히 들렸다.

"저기 보여 책 쌓아 둔 거? 옥상은 원래 문을 닫아 두는데, 매주 금요일에는 1학년 도서부 학생들이 여기에 아직 어디로 보내야 할지 모르는 도서관 책들을 올려 두거든. 그러다 보니 종종 열려 있더라고. 애들도 깜빡하는 거지."

"뭐야, 싱겁게."

그렇지만, 수연과의 대화로 오랜만에 다시 졸업식 날의 일기를 봐야겠다고 생각했다. 전에 봤을 때까지만 해도 수연과 친해지기 전이어서 그런지 졸업식 날의 일기 속에 수연은 없었다. 게다가 애들을 도와준답시고 자잘하게 바꾼 일들도 있으니 분명 졸업식 날도 바뀌었으리라. 어떻게 바뀌었을까.

*

"이게 왜 이러지?"

나는 전에 찍어 둔 졸업식 날의 일기 사진을 보았다. 분명 내용이 있었다. 일기장의 규칙에 따라 3일이라는 시간도 흘렀고, 다시 그 날짜를 적으면 그날의 일기를 미리 볼 수 있는 게 맞았다. 그런데 이상하게 같은 날짜를 적었는데도 아무것도 나타나지 않았다. 나는 갑자기 불안해지기 시작했다. 일기장이 능력을 다한 건가! 다시 졸업일로부터 역순으로 한 달 간격을 두고, 날짜를 적기 시작했다. 여전히 빈 종이 그대로였다. 아, 망했다. 잠시 미래를 보지 않던 사이에 일기장에 무슨 일이 벌어진 게 틀림없었다. 자주 쓸 생각은 없었지만 영영 쓰지 않을 생각은 없었는데…….

그렇게 한참 날짜를 계속 적다가, 일기가 적히는 마지막 날짜를 발견했다. 6월 27일, 1학기 기말고사가 끝나는 날이었다.

오늘의 날짜 : 6월 27일 목요일 / 오늘의 날씨 : 또다시 붉은 비

기말고사가 드디어 끝났다. 아, 또다시 붉은 비다. 시험지에도 비가 내리고, 장맛비가 천장을 부술 듯이 내린다. 이번 장맛비는 꽤나 거세다.

대체 기말고사 다음 날에 무슨 날이 벌어지기에. 나는 일기장의 이전 소유자가 적어 놓은 규칙들을 떠올렸다.

그리고 아마 그 내용은 미래의 내가 쓴 내용이 앞당겨져 보이는 듯하다. 내 말투나 생각이 그대로 적힌다.

미래의 내가 일기를 쓰지 못하는 상황인가? 아니, 그렇다면 설마 미래의 내가 없는 거야? 죽은 거야? 대체 뭘 바꿔서? 아니, 그럴 리 없었다. 오류 같은 거겠지. 그런 건 아무리 완벽한 프로그램에도 생기니까. 그렇지만 불안감을 지울 수는 없었다. 어떡하지. 어떻게 해야 그날 벌어질 일을 알 수가 있지. 아, 이 일기장은 날짜를 쓴 사람의 미래를 보

여 준다. 그럼…… 다른 사람이 일기장에 날짜를 쓰게 하면 된다.

미래의 내가 겪을 일에 대해 누구보다 잘 알 사람은 세상에 단 한 명뿐이다. 바로 우리 엄마. 나는 엄마에게 그날의 날짜를 적어 달라고 부탁해야지 싶었다. 계획이고 뭐고는 중요하지 않았다. 아니, 진짜 내가 죽을지도 모르는 거라면 그 미래를 막아야 하지 않나. 졸업을 줬다가 뺏는 게 어디 있냐고!

※

슬그머니 방에서 나와 부엌에 있는 엄마를 봤다. 엄마는 끝마치지 못한 회사 일을 갖고 와 식탁에서 서류 작업 중이었다. 이때였다. 엄마가 한창 서류 작업을 하느라 바쁜 시점을 노려야 했다. 업무용 뿔테 안경을 쓴 엄마의 눈빛이 한껏 진지해졌다. 매번 야근을 밥 먹듯이 하던 엄마는 그날 이후로 항상 일찍 퇴근해서 집에서 시간을 더 많이 보내곤 했다. 내가 야간 자율 학습을 선택한 후로는 조금 퇴근 시간이 늦어진 것 같지만, 그래도 나보다는 항상 일찍 집에 와 있었다. 엄마의 노력이 집에 돌아오는 나를 맞이하기 위함이라는 걸 알았다. 사실 사무실에서 서류를 정리하는 게 훨씬 편할 텐데, 자료들도 다 거기에 있을 거고. 묵직한 서류를 들고 다니는 엄마의 가는 손목을 보았다. 엄마의 손목엔 항상 보호대가 채워져 있었다. 가슴 한쪽이 저렸다. 반드시 알아내야 했다. 적히지 않는 6월 28일, 미래의 일을.

"나이선 씨!"

"어쭈? 나이선 씨?"

"부탁드릴 것이 있는데요."

"그래, 말해 보세요."

나는 일기장을 펼쳐 놓고 날짜 칸을 가리키며 말했다.

"엄마, 여기에 6월 28일이라고 적어 봐."

"응? 이번엔 그냥 또 엄마야?"

"빨리! 엄마 글씨체랑 내 꺼랑 비교해 보려고 그래!"

엄마는 나를 이상하다는 듯 바라봤지만, 내가 무작정 우기는 통에 일기장 위 날짜 칸에 6월 28일이라고 적었다. 역시 뭐든 기세인가. 나는 30초가 흐르기 전에 곧장 일기장을 닫았다. 인조 가죽 표지가 보이자 엄마의 표정이 환해졌다.

"할아버지 댁에서 가져온 일기장이구나. 잘 쓰고 있네?"

"응! 당연하지! 나 오늘 일찍 잘게!"

평소와 다른 내 모습에 의아해하는 것도 잠시, 돌아선 등 뒤로 서류를 넘기는 소리가 들렸다.

나는 방문을 닫고서 일기장을 펼쳤다. 엄마의 미래 일기가 나타났다. 하도 많이 봐서 익숙한 엄마의 글씨체였다.

오늘의 날짜 : 6월 28일 금요일 / 오늘의 날씨 : 맑음

예윤이가 오늘 학교 옥상에서 자살하려던 학생과 함께 떨어졌다고 했다. 우리 애가 죽었단다.

내가 진짜 죽는다고? 말도 안 돼. 일기장 속에는 저 말이 다였다. 그 뒤로는 어떤 말도 적히지 않았다. 그리고 그 여백이 엄마에게는 울음이라는 걸 나는 알았다. 엄마는 할아버지가 돌아가신 날에도 그랬다. 누구보다 슬퍼했음에도 부고 문자는 달랑 한 문장만 적었고, 찾아오는 문상객에게도 하소연하지 않았다. 엄마는 홀로 슬픔을 앓았다. 엄마는 유독 길게 말하지 않는 사람이었으니까. 단어를 아껴 정확히 말하는 게 우리 엄마였으니까. 엄마는 텅 빈 일기장 속에서 잔뜩 울고 있었다. 울고 싶지 않았지만, 나도 모르게 눈물이 뚝 하고 떨어졌다. 일기장 위로 눈물 자국이 스몄다.

  미래가 바뀌었다. 분명 4월에 본 미래에서 나는 졸업식 날까지 살아 있었다. 어쩌다 미래가 바뀐 거지? 어디서부터? 휴대폰 사진첩에 저장해 둔 졸업식 날의 일기를 읽었다. 그토록 바라던 졸업이 사라졌다. 그동안 내가 바꿔 온

날에 무슨 잘못이라도 한 건가. 그래도 착하게 살았는데 대체 왜, 나는 애들을 도와줬을 뿐인데!

방법을 찾아내야만 했다. 오늘이 6월 13일이고, 내일이 6월 14일이니까 내가 죽는 날까지 고작 2주 정도 남은 거였다. 우선 엄마의 일기 속에서 알아낸 것을 정리해 보자.

하나. '나는 학교 옥상에서 떨어져 죽는다.'

둘. '나는 누군가와 함께 떨어진다.'

셋. '그 누군가는 자살하려던 학생이다.'

어떤 미래를 바꿔야 내가 죽는 미래를 바꿀 수 있지? 곰곰이 생각하던 나의 머릿속에 한 가지 생각이 스쳤다.

그럼 내가 누군가의 자살을 막으면 되는 거 아냐?

벌어질 일은 벌어진다지만, 이미 한 번 바뀐 미래 또 한 번 못 바꿀 것 없지. 뭐라도 해야 했다. 아직 죽기 전이니까, 미래를 바꿀 기회가 있으니까!

5장

첫 번째 용의자, 어떤 거짓말

내가 죽는 날까지 D-14

오늘의 날짜 : 6월 14일 금요일 / 오늘의 날씨 : 변함없이 흐림

기분이 이상했다. 내가 죽을 수도 있다는 걸 알게 된 첫 날이었다.

내가 죽기 전까지 14일이 남았다.

지난밤 나는 한동안 적지 않았던 일기장의 페이지를 빼곡하게 채웠다. 앞으로 14일 동안의 일기를 살펴보며 계획을 세워야 했다. 옥상 위로 올라가서 뛰어내리는 걸 막을 정도면 내가 아는 사람일 터였다. 그렇다면 그날 자살하는 아이는 나의 일기 속에 등장할 확률이 높다. 내가 아무런 상관없는 아이를 위해 몸을 던질 일은 없으니까. 일기를 살피며 가장 먼저 내가 발견한 첫 번째 이름은 '아현'이었다. 한동안 나의 일기장에 등장하지 않던 이름이었다.

오늘의 날짜 : 6월 18일 화요일 / 오늘의 날씨 : 기이하게 부는 바람 소리

야간 자율 학습을 하러 자습실로 올라갈 시간이었다. 아현은 홀로 교실에 남아 있었다. 문제집을 두고 가서 다시 교실로 돌아온 나는 혼자 있던 아현을 발견했다. 책상 위에 엎드려 있던 아현이 작게 중얼거렸다. '죽고 싶어.' 그 말에 나는 교실에 들어가지도 못하고 복도에 서 있을 수밖에 없었다.

아현이 중얼거린 '죽고 싶어'의 근원은 아마도 아현의 거짓말이었을 것이다. 내가 밤새워 3시간짜리 라방을 보면서까지 막아 보고자 했지만, 그 이후로도 아현의 거짓말은 멈추지 않았다. 일기장에는 더 이상 아현의 이야기가 적히지 않았다. 하지만 반에 있다 보면 자연스레 알 수밖에 없었다. 아현이 계속 본 적도 없는 것을 보았다고 하고, 가 본 적도 없던 곳에 가 봤다고 한다는 것을. 억지로 이어 붙이는 맞장구가 지나치게 어색했다. 아현의 거짓말이 아주 나쁜 거라 말하긴 어렵지만, 아현 스스로에게 나쁜 일임을 나는 너무 잘 알고 있었다. 자신이 한 거짓말에 자신도 모르게 속아 넘어가 버리고는 결국 거짓말처럼 살아가게 되니까. 마치 내가 그랬던 것처럼 말이다.

그렇게 지민의 무리와 떨어져 혼자 뱅뱅 돌던 아현이 첫 번째 후보가 되었다.

*

"안녕!"

아현은 나의 예상하지 못한 인사에 살짝 놀란 듯 보였지만, 금세 어색하게 웃으며 마주 인사했다. 작전은 이미 시작됐다. 뭐든 바꿔 보려면 친해져야 했다. 친해지려면 인사부터!

아현은 꽤 키가 큰 편에 속하는 아이였다. 키가 165센티미터인 내가 살짝 고개를 올려다보는 정도이니, 정확히는 몰라도 170센티미터는 넘어 보였다. 보통 그렇게 키가 큰 여자아이들은 눈에 띄기 마련이고, 그건 아현도 마찬가지였다. 큰 키에 마른 몸, 애들이 이따금 아현에게 모델을 해도 되겠다고 말했다. 하지만, 아무도 아현이 진짜 하고 싶은 게 무엇인지 묻지 않았다. 수연은 작년에도 아현과 같은 반이었다고 했다.

"어떤 애였어?"

"음, 글쎄. 근데 그때부터 지민이랑은 친했었어."

잠시 말을 멈춘 수연이 곰곰이 생각하다 말을 이었다.

"정확하게 말하자면, 지민이가 아현이를 선택한 거라고 해야 하나?"

아현이 지민과 친해지게 된 건 1학년 중간고사가 끝난 시기에 갔던 수련회 장기자랑 때문일 거라고 했다. 수연은 애매한 시기에 전학 온 탓에—수연은 덕분이라고 말했다—그 멤버에서 제외됐다. 원래 지민이 인원을 모아 장기자랑을 준비하고 있었는데, 부족한 인원에 아현이 급히 들어가게 되면서 가까워졌다고 했다. 지민이 아현을 장기자랑 멤버로 택한 이유는 단 하나였다. 무대 의상으로 입힐 옷이 잘 어울려서. 그때부터 지민이 아현에게 어울릴 것 같은 옷을 추천하기도 하고, 심지어는 입을 옷을 정해 주는 모습도 봤다고 했다.

"그래서 아현이 사복 스타일도 바뀌었으니까."

"아현이 사복도 본 적이 있어?"

내가 눈을 크게 뜨고 묻자, 수연이 그렇게 놀랄 일이냐며 웃었다.

"어쨌든 같은 동네 친구잖아. 주말에 봤었어. 그런데 바뀌었더라고. 전보다 좀 화려해졌달까?"

나는 문득 궁금해져서 수연에게 물었다.

"너는 그때 뭘 입고 있었는데?"

"나? 체육복!"

수연다운 답이었다. 수연은 한여름인 지금에도 에어컨 바람이 춥다며 체육복 저지를 입고 있었다. 수연이의 사복 차림을 본 적은 없었지만, 무난하고 눈에 띄지 않는 느낌일 것 같다는 생각이 들었다. 그러네, 그래도 꽤 친해진 것 같은데 사복 입은 모습은 본 적이 없네.

"근데 아현이한테 되게 관심이 많네?"

"아, 그냥……."

나는 말을 흐렸다. 내가 죽는 미래를 알게 되었다고 말하면, 지금 나를 바라보는 수연의 반짝이는 눈빛도 바뀔 것이 분명했다. 나를 안쓰럽다는 듯 보거나, 혹은 말도 안 되는 거짓말을 한다는 듯 볼 것이 뻔했다. 나를 바라보는 시선이 바뀌는 건 한순간이니까.

*

나는 어떤 학생이었더라? 초등학교와 중학교 내내 줄곧 반장을 했었다. 그것도 항상 2학기 반장이었는데, 그렇다는 건 늘 누군가의 추천으로 후보에 올라갔다는 의미였다. 서로를 잘 모르던 학기 초가 아니라 서로를 가장 잘 아는 시기에, 어쩌면 어른들의 평가보다 더 냉정한 아이들의 평가에서 인정받았다는 증거였다. 그렇다. 나는 소위 말하는 인기

많은 애였다. 공부도, 운동도, 하다못해 목소리 크기마저 적당했던, 적이 없는 나름 꽤 괜찮은 학생이었다. 그랬던 내가 흔들린 이유는 딱 하나였다. 작은 거짓말. 아니, 거짓말이라기보다 그저 내뱉은 적이 없는 속내였다. 어떤 친구도 내가 어릴 적부터 아빠 없이 살아 왔다는 것을 알지 못했다. 그저 아빠에 대해 물어볼 때면, 누군가에게는 주말 부부라고 했고, 누군가에게는 해외에 나가 계시다고 했다. 무의식적으로 내 마음속에 아빠가 없다는 게 숨겨야만 하는 일이었을지도 모르겠다. 애들이 아빠와 어디에 갔다 왔다는 말에 '나도'라며 맞장구쳤을 뿐이다. 그랬을 뿐이었는데…….

꽤 오랫동안 같은 동네에서 지내던 한 친구가 엄마의 전화번호를 알게 되면서 일이 시작됐다. 현장 학습으로 놀이공원에 갔던 날이었다. 사방이 물인 놀이기구를 타다가 물에 빠진 적이 있었다. 친구의 휴대폰을 빌려 엄마에게 연락을 했었는데, 하필 그 친구에게는 자신의 휴대폰에 들어온 번호를 모두 저장하는 습관이 있었고, 그 친구를 통해 엄마의 메신저 속 프로필 사진이 아이들 사이에 공유되었다. 엄마의 프로필 사진 속에는 엄마와 젊은 남자가 있었다. 항상 제대로 말하지 않던 아빠에 대한 이야기가 꽤나 화두가 됐다. 숨기고 있던 것이 들춰진다는 건 가장 두려운 일이었다.

"너네 아빠야? 되게 젊으시다."

그는 엄마의 새 애인이었다. 나와는 식사를 세 번 정도 해 본 사이. 그러니까 당연히 아빠가 아니었고, 아빠 후보라고도 할 수 없는, 정확히 말하자면 남이었다.

그때 제대로 말했어야 했는데, 우리 엄마와 아빠는 오래전에 이혼하셨고, 지금 이 프로필 사진 속 남자는 엄마가 만난 지 반 년 정도 된 새 애인이라고 말했어야 했는데……

"응, 맞아."

그날의 질문이 시험이었다는 건 뒤늦게 알았다.

"거짓말. 너 아빠 없잖아."

나를 바라보던 시선이 순식간에 바뀌었다. 아이들은 그 사람이 우리 아빠가 아니라는 것부터 내가 오랫동안 거짓말을 해 왔다는 걸 알고 있다가 중요한 증거를 찾은 사람들처럼 씨익 하고 웃었다. 눈빛에 조롱이 비쳤다. 나는 한순간에 거짓말로 행복한 가정이라고 우긴 애가 됐다. 어떤 애들은 "왜 거짓말을 했어?" 하고 물었고, 또 어떤 애들은 "되게 '정상'적인 척하고 싶었나 봐" 속삭였으며, 우리 부모님의 이혼 사유가 엄마의 불륜 때문이라는 소문까지 돌았다. 잘 알지도 못하면서 모두가 나한테 실망이라고 했다. 내가 뭘 했다고. 너희가 나한테 기대한 게 뭐길래. 나는 그 자리에서 도망침으로써 오랜 거짓말을 인정해 버렸고, 순식간에 거짓말쟁이가 되었다. 바로 그날이었다. 그날, 당당하고 멋지던 나는 사라졌다. 그런 나 역시 아이들의 시선이 만들어 준 나였으니까. 그렇게 나는 거짓말쟁이에 불륜녀의 딸로 맨날 속내를 숨기는, 믿을 수 없는 아이가 되어 버렸다. 바뀐 시간표를 혼자 알지 못해 50분 내내 미술실 안에 혼자 앉아 있던 날, 나는 전학을 결심했다.

*
*

나는 일기를 뒤적이며 아현이 어떤 거짓말을 하게 될지 찾아내야 했다.

오늘의 날짜 : 6월 17일 월요일 / 오늘의 날씨 : 공허한 맑음

주말 동안 무슨 일이 있었는지 정확하게 알 수 없었지만, 반 분위기가 이상했다. 아마 아현의 라방 때문에 벌어진 일인 듯했다. 아현의 공허한 해명을 아이들은 들어 주지 않았다. 들으려고 하지 않았다. 나는 그저 가만히 있었다.

미래의 내가 일기장에 적어 둔 한 가지 단서는 '아현의 라방'이었다. 아마도 그 라방에서 한 거짓말 때문인 것 같았

다. 이놈의 라방, 대체 그게 뭐라고 이렇게 떼어 놓을 수가 없을까.

하지만 나도 한때는 라방으로 영상 통화를 대신 하기도 했었다. 말 그대로 '굳이' 하는 것들이었지만, 굳이 그렇게 해서라도 그들 사이에 속해 있다는 것을 공공연하게 증명하고 싶었다. 메시지나 전화로 연락할 것을 다른 아이들에게도 보이면서, 우리가 이렇게 친하다는 걸 증명하는 일이었으니까. 돌이켜 보면 증명할 필요가 있었을까 싶지만 그때는 그랬다. 다들 그러길 원했다. 나는 그날 이후로 SNS 계정을 모조리 지웠다. 그러다 이번에 아현의 SNS를 팔로우하기 위해 새로 만들었지만.

아현과 인사를 나누며 알아낸 아현의 SNS 계정을 검색했다. 아현의 SNS는 공개 계정이었고 여느 여고생의 것과 크게 다르지 않았다. 맛있고 예쁜 음식을 먹고 기록하거나, 사복을 입고 찍은 사진들이 가득이었다. 사복은 수연이 말했던 대로 조금은 화려한 스타일이었다.

"수연아 너는 SNS 안 해?"

"아, 응. 그냥 귀찮아서."

"담백하긴."

수연은 별로 다른 아이들의 시선을 개의치 않는 아이였다. 그래서 뭐든 과하지 않았다. 그런 담백함이 부러웠다.

나의 부러움을 수연은 눈치채지 못하겠지만 말이다.

본격적으로 나는 아현의 게시글을 다 살펴보았다. 최근으로 가까워질수록 화장도 짙어지고, 옷도 점점 화려해졌다. '좋아요' 수도 많았다. 이따금 지민의 댓글도 보였다.

'내가 진짜 잘 골랐지?'

아현이 입고 있던 옷은 꽤 비싼 브랜드였다. 댓글에는 오히려 아현을 칭찬하는 것보다 지민의 안목을 칭찬하는 내용이 더 많았다.

'역시 👍'
'나도 지민쓰 스타일링 필요해!'
'@jim_in_n 나도 해줘.'

뻔했다. 아주 뻔해서 결말이 눈에 보이는 관계였다. 그럼에도 지금의 아현에게는 이런 관계조차 엄청 중요할 거다. 그렇게 한참 아현의 SNS를 정독해 봐도 아현이 무슨 거짓말을 하게 될지 당최 알 수가 없었다. 그렇게 머리를 꽁꽁 싸매고 있던 나에게 찾아온 행운은 정말 단순했다. 지민의 밝고 명쾌한 목소리가 답이 되어 주었다. 원래 헷갈리는 답이란 가장 단순하게 찾아야 하는 게 아닌가. 지민이 직접 모든 걸 말해준 것이나 다름없었다.

"아현아, 왜 너네 집에 한 번도 초대를 안 해줘? 나도 아르테시아 가 보고 싶은데."
"아, 엄마가 허락을 안 하셔서. 우리 엄마 엄한 거 알잖아."
"그럼 라방으로라도 구경시켜 줘, 온라인 집들이 하자!"

아이들이 지민에게 똑똑하다며 칭찬했다. 아현이 당황스러워 보이든 말든 아무도 신경 쓰지 않았다. 애초에 의도했을 것이다. 이거였다. 온라인 집들이 라방이 문제가 될 게 분명했다.

*

교실에서 귀 기울여 알아낸 바 아현이 라방을 하기로 한 날은 당장 다가오는 일요일이었다. 주말에 친구를 만나러 나간다고 하니, 엄마는 밝게 웃으며 배웅했다. 순수하고 아름다운 우리 엄마, 엄마 딸은 죽는 미래를 바꾸러 갑니다. 엄마의 일기장 속 여백을 채워야만 했다. 절대 이렇게 죽진 않으리라.

하지만 정작 내가 할 수 있는 거라곤 동네에 있는 유일한 고급 아파트인 아르테시아 앞에서 아현을 볼 수 있을까 하며 서성이는 일이었다. 아르테시아는 최근에 새로 지어진 신축 아파트인데, 보안이 철저하기로 유명했다. 지민이 궁금하다는 이유도 그 때문이었다. 입주민이 허락하지 않으면 입장 자체가 불가했다. 더운 여름 날씨에 말 그대로 녹아내리고 있었지만 아현을 죽고 싶게 만든 그 일을 막을 수 있다면, 그래서 내가 살아서 졸업할 수만 있다면 뭐든 못 할 게 있을까. 물론 지금은 무작정 기다리는 것밖에 할 수 없지만 어쩔 수 없었다. 나는 아파트 안으로 들어갈 수가 없었으니까.

나무 그림자 아래 벤치에서 아파트 정문을 바라보고 있을 때였다. 아파트 정문이 열리며 익숙한 얼굴이 보였다.

"김수연!"

나의 반가운 부름에 당황했는지 수연이 어색하게 인사했다. 쉬는 날에도 트레이닝복을 입은 이 체육복 덕후. 나는 수연에게 한달음에 달려갔다.

"너 부자였구나!"

내 말에 수연이 작게 웃었다.

"여기 살면 부자인 거야?"

"아니, 그래도 이 아파트가 비싸다는 건 우리 동네 모두가 알고 있잖아."

"다 빚이야."

내 머릿속에 아현의 사복을 본 적이 있다는 수연의 말이 스쳤다. 아현과 같은 아파트에 살아서 볼 수 있었던 거구나. 역시 나의 편안한 짝꿍은 소중한 실마리 그 자체였다.

"아, 그럼 아현이도 여기 아파트 살면서 많이 봤겠네."

"응?"

수연이 알 수 없다는 표정으로 고개를 갸웃했다. 나도 따라 고개를 꺾어 갸웃했다.

"아현이도 여기 살잖아."

"아? 아닐걸?"

"어? 동네에서 아현이 자주 봤다며!"

"아, 아현이는 저 건너에 있는 빌라촌에 살아. 나랑 집 앞 마트에서 종종 마주쳤었거든."

"뭐?"

아, 이건 꽤 사이즈가 큰 거짓말이었나 보다. 이렇게 쉽게 들킬 거짓말을 왜. 유독 비싼 옷들이 가득했던 아현의 SNS 게시글들을 떠올렸다. 어쩌려고 그런 라방을 한다고 했지.

"혹시 이 아파트에 입주민이 아니어도 들어올 수 있는

곳이 있어?"

수연은 곰곰이 생각하다가 말했다.

"아마도 뒷문 쪽에 있는 놀이터 쪽문? 거기로 배달하는 분들이 오시는 경우가 많거든. 거기도 입주민이 확인해야 문이 열리긴 하는데, 열리고 닫힐 때 시차가 있어서 그쪽으로 들어오는 사람들이 가끔 있다고 들었어. 그래서 아파트 경비원분이 그쪽 문 관리 잘해 달라고 요청하시기도 했고."

그 순간, 아현의 SNS 스토리에 라방 알림이 떴다.

- 아, 너무 덥다! 온라인 집들이는 저녁 산책 나왔을 때 고고!!

"아현이가 여기서 라방을 할 건가 본데······."

고민하던 나는 정공법을 선택했다. 물론 내가 죽는 미래를 바꾼다는 걸 말하진 않고, 수연에게 아현이 거짓말을 하는 것 같다고 이야기했다. 아현의 SNS 스토리를 보여 주면서 아현을 말려야 할 것 같다고 하니 수연은 별말 없이 알겠다며 고개를 끄덕였다. 도와주겠다는 뜻이었다. 엄마의 심부름을 나왔다는 수연의 뒤를 따라 나는 아르테시아 안으로 들어갔다. 수연은 나에게 왜 아현을 도와주려고 하는지 묻지 않았다. 아주 담백하게, 그 아이답게.

＊＊

　수연과 뒷문 쪽 놀이터에서 그네를 타며 아현을 기다렸다. 놀이터는 비어 있었다. 수연은 이 시간이면 다들 학원에 갔을 거라고 했다.
　"일요일인데?"
　"일요일이니까 더 채워서 하는 거지."
　한참 아무도 없던 놀이터에 중학생으로 보이는 아이들이 나타났다. 유행하는 댄스 챌린지를 하려는 듯 보였다. 수연은 영상에 자신도 나올 것 같다며 옆으로 자리를 피해 주기도 했다. 역시 착하긴. 나도 그런 수연을 따라 자리를 비켜 줬다. 하늘이 점점 어두워지고 아파트 단지 내에 조명이 조금씩 켜졌다.
　수연이 엄마와의 통화를 위해 잠시 자리를 비웠을 때였다. 부르릉거리는 오토바이 소리가 들리더니, 띠링 소리가 나며 아파트 뒷문이 열렸다. 배달원이 들어오고 뒤이어 닫히려는 문틈 사이로 아현이 들어왔다. 아현은 마치 성공했다는 듯 개운한 표정이었고, 나는 그 앞에 서서 미간을 찌푸리고 있었다. 이번 작전에 섬세한 계획 따위는 없었다. 단도직입적으로 들이밀 예정이었다. 어차피 남은 시간은 고작 열흘 정도, 뭐하러 에둘러 말하나. 귀한 시간만 잡아먹지.

"라방하러 온 거지? 그거 하지 마. 어차피 너 여기 안 산다며."

그제야 나를 본 건지 아현의 얼굴이 잔뜩 붉어졌다.

"네가 상관할 일이 아니잖아."

틀린 말은 아니다. 굳이 내가 네 일에 엮일 필요는 없겠지. 그럼에도 나는 막아야 했다. 어쩌면 이건 내 삶이 달린 문제가 될 수도 있으니까.

"오늘 라방 전까지는 그냥 농담처럼 여길 수 있는 거짓말이겠지만, 지금부터는 아니야. 네가 고의로 한 거짓말이 된다고."

"안 들키면 돼."

"진짜 안 들키고 있다고 생각해?"

"당연하지."

이렇게 바보 같을 수가. 작년의 나 역시 저런 바보 같은 표정으로 답했을까.

"애들이 진짜 모르고 있어서 너한테 이런 걸 시킨다고 생각하는 거야? 나도 네가 거짓말을 하는 걸 알았는데, 애들이 모를까?"

아현이 이를 꽉 물고 말했다.

"라방하기로 약속했어. 너는 전학 온 지 얼마 안 돼서 모르겠지만, 지민이가 있는 그룹에 속한다는 게 얼마나 큰 의

미인 줄 알아?"

"알지, 그런 그룹이 다른 학교라고 없을까. 근데 그렇게 억지로 같이 다녀 봐야 소용없다니까!"

"네가 뭘 안다고 난리냐고! 나는 해야 돼. 안 하면……."

아현이 침을 한 번 삼키더니 말을 이었다.

"버려질 거야."

순식간에 아현의 큰 눈에 눈물이 고였다. 불안과 조급함. 사실은 아현이 제일 잘 알고 있었을지도 모른다. 같이 다니는 아이들과 자신의 묘한 거리감, 그 틈을 메우기 위해 한땀 한땀 애써 봐도 소용없다는 것을.

"너도 알잖아. 이건 시험이야. 또 당하지 마. 어차피 네가 쟤네들한테 맞추려고 온갖 노력해 봐도 안 돼. 네가 거짓말을 하든 말든 그냥 너랑 쟤네랑 안 맞는 사이인 거야."

이건 작년의 나에게 하고 싶었던 말, 그냥 서로 맞지 않는 사이였음을 진작에 인정했다면, 억지로 내가 그들이 기대하는 모습이 되지 않길 포기했다면, 애들이 바라보는 내가 되기 위해 애쓰지 않았다면, 벌어지지 않았을 일이었다.

"난 뭐라도 하고 싶어. 더 멀어지고 싶지 않단 말이야!"

똑바로 나를 바라보는 아현의 눈에서 눈물이 뚝뚝 떨어졌다. 지민이 가장 좋아했다는 착장을 그대로 입은 채였다. 누군가 원하는 모습이 되어 그 존재에게 인정받고 싶었던 마음은 스스로에게 가장 나쁜 일이 되어 부메랑처럼 돌아올 것이었다.

마치, 경비원 아저씨가 소리치며 달려오는 지금처럼.

"거기 대체 무슨 일이야!"

나 역시 수연이 없으면 이곳 입주민이 아닌 신세로, 아현도 나도 그 자리에 우뚝 서 있을 수밖에 없었다.

"너네 뒷문으로 몰래 들어온 거지! 이놈들!"

경비원 아저씨의 불호령에 나는 아현의 손을 잡고 달렸다. 어디로?

그냥 무작정 달렸다. 뒷문으로 나가려다 잠긴 것을 보고 다시 아파트 단지 안으로 달렸다. 아닌 달밤의 달리기였다. 아파트를 홍보하며 단지 내 녹지 시설을 내세운 걸로 아는데, 아니나 다를까 장점이 분명했다. 우거진 수풀들이 우리의 방패막이가 되어 주었다. 나는 아현을 끌고 수풀 뒤로 숨었다. 경비원 아저씨는 라이트를 든 채로 우리가 숨어 있는 곳으로 다가왔다. 심장이 엄청 빠르게 뛰었다. 그리고 진동이 이어졌다. 수연이었다. SNS를 전혀 하지 않는 수연과는 항상 문자로만 연락하고는 했다. 아주 고전적으로.

- 어디야?

더운 여름밤에 헉헉대며 땀을 잔뜩 흘리고 있는 우리들의 구세주.

- 놀이터 바로 근처 제일 큰 공원 수풀에 숨어 있어.

- 수풀에 숨어 있다고?

의아하다는 수연의 목소리가 들리는 듯했다.

- 그쪽으로 갈게.

수연이 우리가 있는 곳으로 오자, 상황은 금세 정리되었다. 경비원 아저씨는 수연에게 조언했다. 우리한테 들으라는 듯 큰 소리로.

"너처럼 착한 애가 이상한 친구들과 몰려다니면 안 된다."

친구를 조심하라고 신신당부했다. 근묵자흑이라나 뭐라나. 나도 어디 가서 노는 애처럼 보이지 않는데, 이건 모두 최아현 탓이다.

"나예윤 너 때문이잖아. 인상이 세 보여서."

"야, 이렇게 청바지에 흰 티 입고 있는데, 딱 봐도 모범적인 학생이거든. 네가 이렇게 짧은 치마 같은 거 입으니까 그렇지!"

"진짜 꼰대냐?"

으르렁거리는 우리 둘 사이로 수연이 들어와 말했다.

"경비원 아저씨를 피해 도망치면 누구나 이상하게 볼 걸? 너희 둘 다 마찬가지란 소리야. 그냥 친구를 기다리고 있었다고 말하면 됐잖아."

수연의 지적은 압도적으로 정확해서, 나와 아현은 더 이상 말을 덧붙이지 못했다. 수연은 집에서 챙겨왔다며 꽝꽝언 아이스크림을 건넸다.

"먹어, 덥잖아."

*

다시 뒷문 쪽 놀이터로 돌아온 우리는 아이스크림을 입에 물고 대치 중이었다. 아현은 울먹이는 표정으로 자신의 SNS에 올라오는 알림들을 보여 줬다. 아이들은 하나같이 왜 온라인 집들이를 하지 않는 거냐며 물었다.

"이것 좀 보라고. 애들이 원하는 건 이 아파트 주민인 나야."

"네 생각이잖아. 그리고 애들은 이미 알고 있다니까. 네가 여기 아파트 주민이 아니라는 걸."

"그걸, 어떻게 아는데! 혹시 김수연 네가 말했어?"

난데없이 들어온 지목에 수연이 어깨를 들어 올렸다. 아무 상관도 없는 수연에게 화살을 돌리는 통에 나는 아현을 더욱 흘겨볼 수밖에 없었다. 아니, 도와주려고 해도 이러네.

"너 그게 무슨 질문이냐?"

수연이 나를 말리고는 차분하게 대답했다.

"난 네가 말하는 애들이랑 친하지도 않고, 말할 필요가 없어."

"왜 너는 이 아파트에 사는 걸 자랑하지 않는 거야?"

"자랑해야만 하는 거야? 그냥 사람 사는 곳인걸."

순수한 미소를 지어 보이는 수연의 앞에서 나와 아현의 속물적인 마음이 더 보잘것없이 느껴졌다. 이것이 가진 자의 여유인가.

"그래, 네가 어디서 사느냐가 대체 왜 중요하냐. 네가 더 중요한 거라잖아!"

"수연이가 말한 걸 네가 말한 것처럼 바꾸지 마!"

한 번도 제대로 이야기를 섞어 본 적이 없었지만, 짧은 대화 동안 느낀 거라면 아현과 나는 정말 성격이 맞지 않는다는 거였다. 그런 게 있다고 하지 않나. 사람마다의 주파수가 있고, 그 주파수가 공명하면 괜찮지만 그렇지 않다면 불협화음이 난다고. 나와 아현은 그런 주파수가 맞지 않는다는 확신이 들었다.

"그럼 나보고 어쩌라는 거야! 애들한테 온라인 집들이 한다고 말해 뒀는데! 수연아, 혹시 나 한 번만 도와줄래? 너네 집에서 하자, 응?"

참다못한 내가 아현의 등짝을 때렸다. 최대한 세게.

"지금 여태 내가 한 말 못 들었어? 어차피 들통날 거짓말 그만해. 걔네랑 꼭 같이 다녀야만 해?"

"걔네만 날 받아 줬으니까."

그때야 나 역시 아현에게 무엇을 좋아하냐고 물어보지 않았다는 것을 깨달았다. 아현이 주저앉아 큰 소리로 울기 시작했다. 마치 길 잃은 아이처럼.

아현의 이야기

언제부터였더라. 내가 무엇을 좋아하는지 숨겨야 했던 게. 아주 어릴 때의 일이었던 것 같다. 나는 무서운 영화를 좋아했다. 사람들을 놀래키는 영화나 어쩌면 조금 잔인한 영화가 취향이었다. 항상 혼자 집에 있던 나는 영화 채널에 나오는 자극적인 영화를 보며 시간을 보내곤 했다. 그런 영화나 드라마를 잘 보는 게 자랑이었던 시절도 있었다. 징그럽다고 여겨지는 벌레도 잘 잡았다. 잠자리를 덥석덥석 잡기도 했고, 여름이 지나 탈피한 매미 껍질을 모아 책상 위에 전시하기도 했다. 그리고 그게 일반적이지 않다는 걸 중학교 때 처음 배웠다.

다른 사람들보다 잔인한 것을 덜 느끼고, 다수가 징그럽다고 느끼는 걸 징그럽지 않다고 여기는 건 오해받기 딱 좋았다.

"최아현, 너무 음침하지 않아?"

아이들은 나를 굳이 괴롭히지도 말을 섞지도 않았다. 내가 좋아하는 게 조금 특이하다는 것만으로도 나는 그렇게 쉽게 외톨이가 됐다. 책상 위에 있던 탈피한 매미 껍질을 버리고, 무서운 영화를 볼 때 덜덜 떠는 연기를 하고 나서야 나는 여느 평범한 학생이 될 수 있었다. 피가 더 튀어도 괜찮았는데, 그냥 무서워하기로 했다. 그제야 같이 밥을 먹고, 떠들 수 있는 친구들이 생겼다. 나는 더 이상 음침한 아이가 아니었지만, 금세 또 다른 누군가가 가장 음침한 아이가 되었다. 그때부터 나는 나를 최대한 숨겼다.

모델을 꿈꾼 적은 한 번도 없었다. 런웨이를 걷는다고 생각하는 것만으로도 다리가 후들거렸다. 하지만 넌 비율이 좋으니 모델을 하면 딱이겠다는 지민의 말에 장래 희망을 모델로 적어 냈다. 그래, 지민이를 만나고 나서 그렇게 바뀌었다.

지민이는 아이들의 흐름을 주도하는 애였다. 그 애가 좋아하는 것에는 늘 인기가 따랐고, 그 애의 관심이 멀어지면 인기가 뚝 떨어졌다. 그런 애가 나를 선택한 거였다. 전혀 싫지 않았다. 오히려 들떴다. 그 애의 입에서 나온 '넌 모델 하면 좋겠다'는 말이, 자기 맘대로 휘두르겠다는 의미라고는 생각하지 못했다.

지민이 권유한 옷을 입지 않았던 날, 지민은 나에게 크게 실망했다고 했다.

"옷을 빨았는데 덜 말라서 못 입었어. 다음에 입고 올게."

"나는 너무 서운하다, 진짜. 너무해. 널 위해서 옷까지 선물한 건데."

하지만 지민이 선물한 옷은 내겐 너무 작았다. 전혀 나를 위한 옷이 아닌 것 같은 느낌. 어쩌면 지민 자신에게 더 잘 어울릴 옷이었다. 그 작은 옷에 몸을 구겨 넣으며 조금 울기도 했다. 그래도 좋았다. 지민의 곁에 있으면, 나도 그 흐름을 주도하는 아이들에 속한 것 같았다.

그래서 전혀 관심 없는 아이돌의 영상을 보고, 좋아하지도 않는 음식을 먹고, 옷을 샀다. 모든 비용은 집을 비운 부모님이 남기고 간 카드로 충당했다. 카드값이 점차 늘어도 부모님의 연락은 오지 않았다. 아무도 나에게 괜찮냐고 묻지 않았다. 혹시 무슨 일이 있는 건 아닌지, 불편한 일은 없는지 묻지 않았다. 나는 그래서 지금이 가장 좋은 척했다.

눈물을 뚝뚝 흘리는 아현에게 수연이 조심스레 다가가

어깨를 감싸안았다.

"괜찮아?"

걔네만 나를 받아 줬다는 말을 하며 눈물을 흘리는 아현의 모습에서 미술실 안에서 오지 않을 아이들을 기다리며 캔버스 앞에 앉아 울던 내가 겹쳐 보였다. 나도 저렇게 믿고 싶었을까. 날 버린 아이들이 뭐가 좋다고 저렇게 간절히 붙잡고 있었던 거지.

"너 바보야? 걔네가 널 받아 준 게 아니야. 네가 걔네한테 버림받은 걸 인정하지 못한 거지! 이미 이상하게 꼬여 버렸는데, 뭐가 좋다고 기대를 해!"

나는 괜히 화를 더 냈다. 저 바보 같은 게 나랑 똑같이 굴어서, 지나간 나한테 화를 내는 것이기도 했다. 그런 나의 앞을 막아선 건 수연이었다.

"그만해. 왜 상처를 줘? 너 나한테 아현이를 돕고 싶다고 했잖아. 그래서 나는 아무 말 없이 도운 거야. 왜 네가 더 못 되게 말해?"

나는 말문이 막힌 채 가만히 있었다. 수연이 단호하게 말했다.

"당한 것도 잘못이라고 하지 마."

"아니, 그게 아니라…… 내 말은."

"네 말이 뭔지는 알아. 그렇지만 그렇게 다그칠 필요는 없잖아. 네가 잘못됐으니까 그렇게 당한 거라고 말하는 건 너무해. 당해도 괜찮은 사람은 없어."

그 말이 끝나기 무섭게 뒤에서 울고 있던 아현이 일어나 등 뒤에서 수연을 안았다. 수연이 깜짝 놀라 움츠러든 건 나만 본 것 같았다.

"너 진짜 천사구나!"

"응?"

놀란 수연의 표정은 뒤로 하고 아현은 천군만마를 얻은 듯한 표정으로 나에게 윙크했다. 아, 왜 저럴까. 나는 그 표정이 싫으면서도, 나를 막아선 수연이 고마웠다. 분명 수연이 막아서지 않았으면 더 쏟아 냈을 거다. 정신 차리라고 회초리를 들어 때리듯 혼냈을 거다. 다 네가 약해서 벌어진 일이라고. 네가 당할 만해서 그렇게 된 거라고. 그러니까 네 탓도 있다고. 그 말이 끝내 나에게도 돌아올 말인 걸 뻔히 알면서.

"그래, 결심했어. 나 SNS에 온라인 집들이고 뭐고 아무것도 안 할게. 나 그럼 이제 앞으로 너희랑 같이 다녀도 돼?"

"아니, 나랑도 네가 잘 맞는 스타일은 아냐."

나는 단호하게 거절했고, 옆에 있던 수연은 애매한 표정으로 자신의 목을 안고 있는 아현의 팔을 슬그머니 밀어

낸다.

"그래도 오늘 셀카는 찍을까? 친구가 된 기념으로?"

나의 한숨은 뒤로하고, 아현은 나와 수연을 자신의 휴대폰 속에 담았다. 어쩜 저렇게 한결같을까.

*

그날 온라인 집들이 대신 아현은 SNS에 나와 수연이 나온 셀카를 올렸다. 그리고 그날을 기점으로 지민의 무리에서 배제당했다. 생각보다 빨랐고, 쉬웠다. 벌어져 있던 틈이 영원히 갈라진 날이었다. 그 후로 아현은 이따금 나와 수연에게 말을 걸긴 했지만, 반의 다른 아이들과 무리를 이뤘다. 반의 중심이 되진 못하더라도, 아현과 관심사가 비슷하던 아이들 사이에서 아현은 더 편하게 웃었다.

"너도 그거 봤어? 나 그거 너무 좋아하잖아! 나 그거 백 번은 본 듯!"

진짜로 좋아하는 것에는 어쩔 수 없이 티가 난다. 아현의 맞장구에는 영혼이 가득했다. 아현이 바뀌는 데에는 불과 며칠이면 충분했다. '난 그걸 좋아하지 않아'라고 말할 수 있는 용기와 '나도 그걸 좋아해'라고 말하는 진심이 아현에게는 새로운 결말을 선사했다.

하지만 여전히 나의 결말에는 변화가 없었다. 여전히 졸업식 날의 일기는 적히지 않았다. 나는 머리를 끙끙 앓았다. 아현이 아니라면 누가 그런 선택을 한단 말인가. 나는 일기장을 꼼꼼하게 살피며 한 이름을 건져 냈다.

6장

두 번째 용의자, 엇갈린 마음

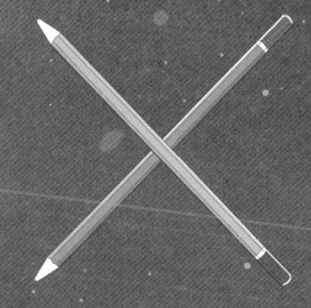

내가 죽는 날까지 D-10

이제 내가 죽는 날까지 열흘 정도 남았다. 짧다면 짧고 길다면 길다. 나는 무조건 그 안에 벌어질 모든 일에 최대한 뛰어들기로 결심했다. 어쩌겠어. 이미 한 번 바뀐 미래, 또 못 바꿀 이유가 없다. 이번에 일기장을 살펴보며 건진 이름은 혜지였다.

오늘의 날짜 : 6월 19일 수요일 / 오늘의 날씨 : 삐뚤게 더움

교무실에 청소를 하러 갔다가 혜지를 봤다. 6월 모의고사에서 성적이 떨어진 것 때문에 불려 온 듯했다. 고작 시험 한 번 망했을 뿐인데, 선생님들의 분위기는 좋지 않았다. 혜지는 턱에 꾸욱 힘을 주더니 눈물을 보였다.

그렇게 두 번째 후보는 반장이자 모범생인 혜지가 되었

다. 학생들을 가장 괴롭히는 것 중 하나가 성적 스트레스이지 않나. 어릴 적부터 압도적인 경쟁 사회에서 자라나며 아이들은 점차 말라 가기 마련이다. 나는 약간 예외였다. 엄마가 성적에는 크게 뭐라고 하지 않았으니까. 그게 나에게 관심이 없는 거라 생각한 때도 있었다.

"내가 네 성적에 뭐라고 해 봐야 네가 공부할 애니?"

"그건 너무 무책임한 거 아냐? 엄마는 공부 잘했잖아."

"그래서 알아, 공부도 재능이거든. 공부에 관심도 없고 재능도 없는 너한테 굳이 뭘."

친구들은 엄마의 대답을 들려주면 쿨한 요즘 시대 엄마라며 좋아했다. 좋겠다며 우리 엄마를 칭송하기도 했다. 사실 엄마와는 같은 집에 살면서도 시차가 났다는 건 아무도 몰랐다. 엄마는 워낙 바빠서 나와는 다른 시차를 살았고, 주말에도 집에 없는 날이 많았다. 텅 빈 집에서 혼자 밥을 먹는 나에게 엄마의 말은 쿨한 게 아니라 차가웠다. 그냥 무관심으로 느껴질 정도로.

하지만 그날 이후로 엄마는 달라졌다. 나를 혼자 두기 싫어했고, 많이 걱정했다. 그게 내 눈에 보일 정도였다. 나에 대한 일이라면 안절부절못하는 엄마가 자꾸 마음에 걸렸다. 내가 만든 균열이 우리를 이렇게 만들었구나 싶어서. 우리는 원래 괜찮았는데, 내가 잘못해서 우리의 관계가 이렇게 불안해진 게 어색하고 미안했다. 그래서 퇴근을 앞당긴 엄마의 모습이 부담스러웠다. 차라리 엄마가 내가 벌인 일 이후에도 그대로였다면 나았을까.

*

일기장의 내용처럼 혜지가 모의고사 성적으로 선생님들에게 혼났던 것 때문이라면, 모의고사는 지난 일이라 성적을 바꿀 수는 없었다. 그렇다면 무엇을 찾아야 할까. 혹시 모의고사를 망치게 만들었던 원인을 없애면 혜지의 죽음을 말릴 수 있지 않을까! 혜지에 대해 적힌 거라곤 교무실에서 눈물을 흘렸다는 것뿐이지만, 자존심이 센 혜지에게 그것은 하나의 신호임에 분명했다.

사실 혜지와는 별다른 교류가 있진 않았다. 전학 첫날 이후로 혜지와 대화를 나눴던 적은 기껏해야 체육 대회 피구 연습 때뿐이었다. 혜지는 항상 조급해 보였다. 교실 맨 앞자리에 앉아 머리를 하나로 질끈 묶고 있는 그 아이의 뒷모습은 매초 달려 나가고 있었다. 주변은 보이지 않는다는 듯 앞만 보고 달리는 느낌이라 외롭지는 않아 보였다. 그렇지만 그 아이에게도 남들이 모르는 스트레스가 있겠지. 어쩌면 어른들의 욕심이 만들어 낸 공부 기계가 아닐까. 어느 누가 공부만 하고 싶겠는가.

그런데, 있었다. 모든 게 나의 오만이었다는 사실을 깨닫는 순간이었다. 수행 평가 연습이 한창이던 체육 시간에 슬그머니 수첩을 보고 있는 혜지에게 다가갔다. 당연히 영단어를 외우고 있는 중이라 생각했는데, 뒤에서 슬쩍 보니, 수첩에 적힌 건 명백하게 수학 문제였다. 눈으로 암산하면서 수능 수학 문제를 풀고 있는 거였다고? 이 정신없는 체육 시간에?

"안녕?"

친해지려면 인사부터……. 혜지는 고개를 살짝 들고는 까딱했다. 그래, 안 통할 줄 알았다.

"그냥, 궁금한 문제가 있는데 질문해도 될까?"

질문, 그건 혜지가 나름 좋아하는 접근법이었다. 아이들과 농담 따먹기는 안 해도, 오답 풀이나 모르는 개념에 대해 물어보면 혜지는 눈에 쌍심지를 켜고 질문한 아이가 이해할 때까지 설명해 주고는 했다. 문제 해결로만 끝나는 게 아니라 원리부터 그 문제가 출제된 배경까지 완벽하게.

"이번 사회 문화 표 해결 문제가 어려워서. 이번에 선생님이 나눠 주신 표 해결 문제 모음집 있잖아."

"아, 그거. 어떤 문제?"

"19번!"

갑자기 혜지가 체육복 주머니를 뒤지더니 사회 문화 수첩을 꺼내 들었다. 아니, 일부러 수학 말고 사회 문화를 물어본 거였는데. 낭패였다.

"어떤 지점에서 막혀? 문제 해석 자체가 어려운가?"

그렇게 시작된 혜지의 사회 문화 특강은 체육 시간이 끝날 때까지 이어졌다. 나는 혜지가 이해했냐고 물어본 질문에 제대로 답하지 못해 한동안 혜지의 수업에서 벗어날 수 없었다. 문제가 해결되고 나서 지끈지끈해진 머리로 혜지와의 대화를 이어 가려 했다.

"아, 진짜 어렵다. 공부 너무 하기 싫지 않아?"

"아니, 난 공부하고 싶은데?"

"응?"

"공부가 세상에서 제일 재밌어."

혜지는 아무렇지도 않은 듯 대답했다. 공부가 재밌다고? 하긴, 나에게 사회 문화에서 가장 어렵다는 표 해석 문제를 뚝딱 설명하면서도 혜지의 눈빛은 잔뜩 반짝거렸다.

체육 수행 평가 연습을 끝마친 수연에게 물었다. 매번 전교 10등 안의 성적을 유지하고, 반 2등을 하는 수연이라면 혜지를 공감하지 않을까.

"응? 공부하는 걸 좋아하냐고?"

"너는 공부를 잘하잖아."

"음…… 뭔가 전제가 틀렸어."

수연이 그저 웃으며 답했다.

"난 잘해서 하는 거야. 게다가 공부는 나 혼자 할 수 있잖아. 못해도 내 탓, 잘해도 내 탓. 단순해서 하는 거지. 공부를 좋아해서 잘하는 건 아니야."

"아니, 그래도 잘하려면 흥미라도 있어야 하는 거 아냐?"

"솔직하게 말하면 네가 재수 없어 할 것 같은데 말해도 돼?"

"네가 무슨 말을 하든 재수 없다고 생각하지 않을게. 말해 봐."

수연이 나에게 약속하라며 새끼손가락을 펼쳤다. 나 역시 곧바로 새끼손가락을 걸고 약속했다. 그제야 수연이 대답했다.

"보통 수업을 마친 후에 대부분 곧바로 이해하게 돼, 자연스럽게. 노력하지 않아도 그냥 머릿속에서 그렇게 된달까?"

수연은 해맑게 웃으며 말했지만, 나의 표정은 본능적으로 살짝 찌푸려졌다. 수연이 굳은 나의 표정을 가리키며 눈썹을 들썩였다. 나는 간신히 표정 관리를 했다. 그래, 이게 사실 뇌 수준 차이인 거구나. 우리 엄마가 나한테 해 준 말과 똑같았다.

"아, 엄마는 대체 어떻게 공부했어?"
"글쎄다. 엄마는 그냥 다 이해가 되던데?"
내 엄마를 닮은 건 어쩌면 수연일지도 모른다는 생각이 들었다. 재수 없어라. 수연이 다시 나에게 새끼손가락을 내밀었다.
"너 나랑 약속했잖아. 재수 없어 하지 않기로. 근데 지금 네 표정은 잔뜩 재수 없다는 표정이야."
나는 슬그머니 새끼손가락을 펼쳐 다시 한번 수연의 손가락에 걸었다. 약속은 약속. 지켜야지.
"미안하다. 네가 우리 엄마랑 똑같은 말을 해서 말이야. 엄마도 한 번도 공부가 어려웠던 적이 없었다고 그랬거든. 네가 나보다 우리 엄마를 닮았나 보다."
"그런 게 어디 있어. 말도 안 돼."
수연이 도장을 꾹 한 번 찍고 깔깔거리면서 다시 교실로 나를 이끌었다. 이제 다음 단계로 넘어가자. 이렇게 공부를 사랑하는 혜지의 성적에 영향을 줄 만한 일을 찾아내야지.

*

　학교가 끝난 뒤 기말고사를 위해 야간 자율 학습을 해야 했지만, 나는 머리가 아프다고 거짓말을 하고 학교를 나섰다. 진짜로 자습실에 들어가면 머리가 지끈거리는 게 분명히 아프기도 했으니, 완전히 거짓말은 아니었다. 괜찮냐고 진심으로 묻는 수연의 말에 죄책감이 들기도 했지만 어쩔 수 없었다. 저번에도 수연의 도움을 받았는데, 이번엔 혼자서 해내야지.

　나는 학교를 나서자마자 말짱해진 머리로 지도 앱을 켰다. 아까 혜지가 사용하던 수첩에 적힌 학원명을 검색했다. 혜지가 쓰던 수첩들은 모두 한 학원에서 나눠 주는 홍보용 수첩이었다. 이런 거 기억하는 머리는 명석하다고! 검색해 보니 학교 앞 정류장에서 버스 한 번만 타면 도착할 수 있는 곳이었다. 새로운 동네로 이사하고 집과 학교 외에 다른 곳은 거의 가 본 적이 없었다.

　학교가 마친 직후라 버스 안의 대부분의 승객이 우리 학교 학생들이었다. 소곤소곤 대화하는 아이들도 있었고, 자신의 게임 실력을 자랑하는 아이들이나 졸린지 창가에 머리를 박고 잠에 든 아이, 휴대폰에 고개를 박고 낄낄거리는 아이도 있었다. 그리고 나처럼 그저 가만히 앉아 다른 아이들을 관찰하는 아이가 한 명 있었다. 해진이었다. 해진의 얼굴엔 작은 생채기가 하나 더 늘어 있었다. 나도 모르는 사이 생채기가 난 해진의 얼굴을 계속 바라보고 있었다. 저 생채기가 왜 생겼는지 어림짐작하면서도 아무것도 하지 않는 것이 나의 역할이었다. 그렇게 방관자의 자리를 충실하게 지키고 있었다. 오늘 아침도 뒷문 앞에 비어 있던 해진의 자리를 떠올렸다.

해진의 머리 위로 화분이 떨어진 날, 해진과 처음이자 마지막으로 눈을 마주쳤었다. 해진은 떨어지는 화분을 피할 수 있게 도왔던 나를 흘깃 쩨려봤다. 고맙다는 말 하나 없이, 괜히 자신을 밀치면서 한 일이 겨우 이거냐는 표정으로 바라봤다. 그 눈빛에 한마디 하려던 찰나 수연이 나를 끌어당겼다. 그래, 책임지지 못할 일에 엮이지 않아야지.

그 순간이었다. 해진의 시선이 나와 얽혔다. 해진은 깊고 검은 눈동자를 갖고 있었다. 서둘러 눈을 피한 건 나였다. 모르는 척해야 했다. 괜히 그 눈빛 뒤에 숨은 것들을 들춰내서는 안 되었다. 마음속으로 빌었다. 제발 엮이지 않게 해 달라고.

띵동.
이제 내가 내려야 할 정류장이었다. 나는 해진의 검은

눈동자를 뒤로하고 허겁지겁 버스에서 내렸다. 해진이 내려야 할 정류장은 좀 더 가야 하는 모양이었다. 자꾸 어디로 가는 걸까 싶은 생각을 지워 내기 위해 서둘러 학원가로 달려 갔다. 나는 지금 해야 할 일이 있으니까.

*

학원가에 도착하자마자 혜지가 어느 학원에 다니는지 알 수 있었다. 건물 벽면에 걸린 현수막에 커다랗게 적힌 '이혜지(진선고 2)'라는 이름이 펄럭였다. 전교 1등의 위엄 같은 게 느껴졌다. 나는 절대 욕심내지도 않는 자리였다. 이 학원가에서 '이혜지'는 마치 아이돌의 이름과 같았다. 정보를 수집하기가 무척 편했다.

저녁 시간이 되길 기다리다 한 아이를 붙잡고 물었다.

"누구를 찾고 있다고?"

"이혜지, 진선고 2학년 전교 1등"

"아, 지금 심화반 수업 중일걸? 저 학원에는 맨 꼭대기 층에 일반 학생들은 들어가지 못하는 층이 있거든. 거기서 수업 듣는 중일 거야. 거기 새벽 2시 넘어서까지 운영하는 것 같던데……."

"아니, 그래도 돼?"

"뭐 독서실처럼 여겨지는 거지. 그리고 그 반에 들어간다는 건 영광이라고!"

영광이라 불리는 학원의 맨 꼭대기 층을 올려다봤다. 불이 환하게 켜져 있었다. 영광의 높이는 꽤 상당했다.

"꽤 높다. 옥상에서 내려다보면 무섭겠어."

"저 건물에서 옥상을 열어 둘 것 같아?"

"응?"

"절대 안 열어 놔. 진짜 열어 두면 여기 학원가 애들이 하루에 한 명씩은 죽을 거야."

섬뜩한 소리를 내뱉은 아이는 다 끝났냐며 나를 지나쳐 갔다. 길 가다 아는 친구를 만났는지 금세 까르르하고 웃었다. 저 아이도 집으로 가는 게 아니라 다른 학원으로 가고 있는 것 같았다. 공부는 뭘까? 좋은 대학을 가기 위함일까. 무언가를 배우는 태도를 익히는 걸까. 하루의 절반 이상의 시간을 쏟으며 진짜 알아내려는 게 뭘까. 엄마는 늘 말했다. 지금은 삶의 태도를 배우는 시기라고. 그래서 공부를 못해도 괜찮으니, 공부하는 것을 멈추지 말라고 했다.

"네가 너를 직접 시험해 볼 수 있는 기회야. 공부를 잘하고 못하고보다 나는 어떻게 배워야 하는 사람이구나를 깨닫는 시기인 거지. 배우는 근력을 키우는 거야. 그거면 돼. 그러니까 답안지를 떼어 버려도 된다는 거야."

하지만 현실에서 엄마가 말하는 근력은 시험지에 적히지 않으니 평가 제외 대상이었다. 시험지에 적힌 숫자가 나의 성실도를 평가하고, 나의 명석함을 정의하니까. 나는 한 번도 엄마의 기준으로 평가받아 본 적이 없다. 그래서 항상 엄마보다 못한 딸이었다.

*

"누구?"

"이혜지, 진선고 2학년 전교 1등!"

학원가에서의 탐문 수사의 결과는 별다른 것이 없었다. 그냥 혜지는 공부를 꽤 오래전부터 잘해 왔다는 사실과 밤부터 새벽까지 심화반에서 별도의 수업을 받는다는 것, 원래는 이과를 택하려다 문과가 되었다는 것까지. 혜지가 6월 모의고사 때 성적이 떨어진 이유와는 거리가 멀었다.

"그 애는 왜 찾는데?"

"아, 내가 영상학과 입시 준비하는데, 포트폴리오로 전교 1등 다큐를 찍고 있거든. 그래서 전교 1등 관련한 인터뷰를 하고 있어."

거짓말이 술술 흘러나온다. 영상학과의 'ㅇ'에도 관심이 없고, 심지어 카메라라고는 휴대폰밖에 없었지만, 입시용

포트폴리오라는 말은 학원가 학생들의 마음을 열기엔 충분했다. 한참 그렇게 물어보고 다닐 때였다. 새로운 이름이 등장했다.

"전교 1등 다큐면 '돌아온 전교 1등' 같은 주제도 나와야 하는 거 아냐? 원래 이혜지가 아니라 정태이가 전교 1등이었다고."

"정태이?"

"응! 정태이 돌아오자마자 이혜지 6월 모의고사 망했잖아. 하나가 2등급이 나왔다던데……."

2등급이 망했다고? 아니, 그것보다 중요한 건 처음 듣는 이름이었다. 온몸의 촉이 말해 주고 있었다. 정태이가 누군지 알아내야 했다.

"정태이가 누구야?"

"저기 있네, 쟤!"

가리킨 손끝에는 혜지가 있었다. 그리고 그옆에 선 아이가 태이인 듯했다.

"같은 학원이었어?"

태이는 혜지에게 밝게 인사하는 것처럼 보였지만, 혜지는 본체만체하고는 자리를 피했다. 태이만 홀로 어색하게 흔들던 손을 머리 뒤로 옮겼다. 태이는 귀여운 얼굴에 혜지보다는 키가 한 뼘 정도 작은 단발머리 여학생이었다.

"예쁘게 생겼지? 그래서 좀 놀았대. 그런데 머리가 좋아서 순식간에 혜지를 이겨 버린 거야. 얼마나 배가 아프겠어. 안 그래?"

"아, 그렇구나."

예쁘게 생겨서 좀 놀았다는 말은 논리적 비약이 심했지만, 그래도 정태이라는 새로운 이름을 알려 준 건 고마웠기에 보답 삼아 편의점 초콜릿 하나를 건넸다.

"당 떨어졌는데 잘됐다! 아, 지금 생각났는데, 쟤네 내기 한대."

"무슨 내기?"

"저 학원에 정태이랑 이혜지가 같이 다니는 게 너무 이상하잖아."

"그게 이상할 일이야?"

"둘이 완전 사이 나쁜 라이벌이라니까? 이혜지는 정태이 무시하는 걸로 유명해."

"혹시 무슨 내기인 지 알아?"

"글쎄다, 그건 모르겠고……. 며칠 후에 한다고는 들었어. 방과 후에."

이건 엄청난 힌트였다. 그래, 그날 둘 사이에 무슨 일이 있었던 게 분명했다.

"아! 진짜 고마워!"

"다큐 공모전에서 수상하면 꼭 알려 줘. 나도 써먹게."

아니, 네가 어떻게 그걸 써먹겠다고. 나는 그저 웃으며 알겠다고 말했다. 인터뷰한 아이의 이름조차 기억하지 못하는 채로 얼른 집으로 가는 버스를 탔다.

집에 돌아와 일기장을 뒤적였다. 섣불리 날짜를 적어 내용을 알게 되는 것이 조금 두려웠다. 바뀌었을까. 아직까지 확실한 건 6월 28일의 일기가 여전히 적히지 않는다는 것뿐이었다. 진짜로 혜지가 괴로워하는 일을 막게 되면 모든 게 해결될까. 그런데 어떻게 알 수 있지. 혜지는 문제와 관련된 내용을 제외하면 자신의 이야기를 털어놓는 편이 전혀 아니었다. 혜지에게 벌어질 일을 어떻게 알 수 있지. 일기장의 여백 속에서 벌어질 일을 알아내야만 했다.

*

다음 날 등교하는 중에도, 학교에 도착해서도, 나는 계속 고민으로 머리를 꽁꽁 싸매고 있었다. 나의 고민을 아는지 모르는지 혜지는 열심히 아침 자습 중이었다. 나는 혜지의 뒤통수를 뚫어져라 보면서 제발 네 머릿속에 있는 이야기를 나에게도 해 달라고! 소리 없는 아우성을 지를 뿐이었다. 수연이 자꾸 끙끙거리는 내 머리를 쓰다듬더니 물었다.

"아직도 머리 많이 아파? 진통제는 먹었어?"

"이게 진통제로 해결될 일이 아니라서."

"무슨 일인데? 큰일이야?"

"아니, 내가 알 수 없는 걸 자꾸 알려고 하니까 머리가 아프네."

"뭐야, 네가 이미 알고 있네."

"응?"

"네 입으로 방금 말했잖아. 너는 알 수 없는 일이라고. 그걸 가지고 머리를 싸매고 있으면 어떡해."

"그래도 그 일을 해결해야 한다면?"

"네가 무슨 일인지도 모르는 일을?"

"응!"

"그렇다면, 그 일을 아는 사람에게 직접 물어봐야지. 네가 넌지시 짐작한다고 알 수 있는 건 아무것도 없잖아."

그 말을 듣자마자 나는 수연을 꽉 안았다. 정답을 알고 있어도 용기를 얻는 건 쉬운 일이 아니니까.

"그래, 넌 정말 천재야!"

"왜 이래. 난 그냥 평범한 사람이야."

잠깐 뜸을 들이던 수연이 이어 물었다.

"무슨 일을 하려는 거야. 도와줄까?"

"아냐, 이건 내가 해야 해."

수연은 이번에도 그저 고개를 끄덕일 뿐이었다.

나름 계획을 세웠다. 밤 9시부터 자정까지, 일기장이 작동하는 시간 안에 혜지를 만나 혜지의 미래를 알아내자고 말이다. 단순하지만 명확한 계획이었다. 나는 최대한 빠르게 학교를 나와 집으로 갔다. 저번에 엄마에게 날짜를 써 달라고 부탁하던 것과는 상황이 달랐다. 집이 아닌 바깥에서 진행해야 했고, 나는 친하지도 않은 혜지에게 아주 난데없는 질문을 해야 했다. 앞뒤가 잘 맞는 거짓말이 필요했다. 아니, 미래를 바꾸는 일에 이렇게나 거짓말이 많이 필요하다니.

우선 준비가 필요했다. 일기장에 A4용지를 덧대어 테이프로 가볍게 붙였다. 딱 날짜 칸만 칼로 도려내 홈을 만들어 뒀다. 이제는 혜지에게 날짜를 써 달라고 부탁하면 되었다. 나름 철저하게 준비했지만, 내가 한 가지 놓친 사실이 있었다. 혜지가 그 시간에 학원 밖으로 안 나올 수도 있다는 가능성이었다.

*

벌써 밤 11시가 넘었는데도 혜지는 학원 밖으로 나올 생각이 없었다. 하, 내 마음이 타들어 가는 걸 알까 모를까. 그

때 태이가 내 눈앞에 나타났다. 혜지와 같은 학원을 다니니 비슷한 때에 나오는 거겠지. 태이가 나왔는데도 혜지는 감감무소식이었다. 태이는 잠시 학원의 옥상을 바라보다 자리를 떠났다. 누구 한 명이라도 붙잡아야 했다. 나는 이제 9일 후에 죽는다고.

"저기? 혹시 혜지는 안 나오는 거야?"

"혜지? 아, 오늘 남아서 더 공부한다고 하더라고."

"아, 혹시 내기 때문이야?"

지나가려던 태이가 눈을 크게 뜨고 나를 돌아봤다.

"어떻게 알아?"

"아, 나 혜지랑 같은 반 친구거든."

"혜지가 나에 대한 이야기를 했어? 뭐래?"

태이가 나에게 달려와 물었다. 토끼가 깡충깡충 뛰듯이.

"아니, 그렇게 직접적으로 말한 건 아니고…… 내기가 기대된다던데?"

"내기가 기대된대?"

"……긴장된다고 했던 건가?"

양심이 찔렸다. 그래도 내 목숨을 살리기 위해서 이 정도의 따끔함은 이겨내야지. 조금은 들뜬 표정의 태이에게 일기장을 내밀었다. 태이야말로 혜지와 내기를 하는 당사자가 아닌가. 그날 벌어질 일을 알 수 있을 터였다. 나는 내가 알아내야 할 미래의 또 다른 주인공에게 묻기로 했다. 대체 그날 무슨 일이 생기는 거냐고.

"혹시 날짜를 적어 줄 수 있어?"

"날짜를?"

"아니, 내가 AI 폰트 공모전에 지원하려고 하는데, 전교 1등의 손 글씨를 담아 보려고 하거든. 그래서 혜지를 기다린 건데, 너도 전교 1등이잖아."

"응? 그것 때문에 기다렸다고? 그나저나 내가 전교 1등인 걸 네가 어떻게 알아?"

"유명하잖아. 정태이와 이혜지, 이혜지와 정태이. 이 동네 학원가에서 모를 수가 있는 이름인가!"

하하, 어색하게 웃었다. 제발 이 순간에서 벗어나게 해 주라. 아무런 의심 없이 혜지가 자신의 이야기를 했다는 말에 후다닥 달려온 태이에게 그만 거짓말을 하고 싶었다.

"에이, 그건 아니지. 혜지가 압도적이잖아. 게다가 난 이제 다시 복학해서 겨우 고1인걸. 선배님한테 내밀 깜냥이 안 되지."

그렇게 말하면서도 태이는 뭔가 혜지와 함께 언급된다는 것만으로도 나름 기뻐 보였다. 말도 안 되는 나의 말에도 흔쾌히 응해 줄 만큼.

"날짜는 어떻게 쓰면 돼?"

"오늘이 6월 19일이니까, 19일, 20일, 21일까지 적어 줘."

"근데 폰트면 0부터 9까지 다 써야 하는 거 아냐?"

"아니야, 요즘 AI가 얼마나 똑똑한데. 이 정도만 학습하면 다 해 줘."

"그래?"

나는 얼른 태이를 부추겼다. 가까이서 본 태이는 생각했던 것보다 훨씬 작은 체구에 혜지에 대한 적대감은 전혀 없어 보였다. 혜지에게 태이는 어떤 존재일까. 어젯밤 태이의 인사를 거절하던 혜지의 모습은 좀 달라 보였다. 반에서 아이들과 친하게 지내는 사이는 아니더라도, 혜지는 건넨 인사를 무시하는 타입은 아니었다. 태이에게 그런 것처럼 완벽하게 거절하는 걸 본 적이 있었나.

태이는 다 썼다며 일기장을 다시 나에게 건넸다. 나는 편의점에서 산 초콜릿을 건네고는 도망쳤다. 빨리 태이의 미래를 알아야 했다. 나의 미래를 바꾸기 위해서.

**

오늘의 날짜 : 6월 19일 수요일 / 오늘의 날씨 : 맑음

당장 다음 주인 기말고사 준비가 한창이다. 혜지와는 여전히

말 한마디를 해 본 적이 없다. 제대로 된 대화라면, 며칠 전 나에게 다른 학원으로 갔으면 좋겠다는 말이 끝이었다. 아주 차가웠다. 원래 그러지 않았는데……. 나도 그 말을 그대로 들어줄 수는 없었다. 싫다고 했다. 이번엔 학년이 달라서 학원이 아니면 볼 수 없었으니까. 그러자 되게 오랜만에 내기 이야기를 했다. 중학생 때부터 해 오던 우리만의 놀이였다. 그게 반가워서 그냥 하자고 했다. 내기 이후엔 친하게 다시 친하게 지낼 수 있지 않을까?

나는 내기라는 말에 심장이 뛰었다. 좋아, 내기에 대한 설명을 당장 나에게 다오. 태이의 일기여!

오늘의 날짜 : 6월 21일 금요일 / 오늘의 날씨 : 소나기

내기에서 내가 이겼다. 혜지의 표정이 잔뜩 굳어 있었다. 새미 있을 줄 알았다. 다시 옛날처럼 놀 수 있을 줄 알았다. 체념한 듯한 혜지가 말했다. 자기가 학원을 옮기겠다고. 내가 원한 건 이게 아니었는데, 왜 자꾸 이렇게 될까. 그냥 나는 너랑 다시 친해질 수 있으면 좋겠어.

아, 혜지가 내기에서 졌구나. 이날의 내기에서부터 비롯

된 건가. 아니, 그런데 이런 내기를 한다고? 차라리 체육 수행 평가인 배구공 튕기기 개수로 내기를 하거나, 뭐 차라리 영단어 시험을 봐야 하는 거 아냐? 이게 뭐야? 그런데 얘넨 뭐 이런 걸로 내기를 한다는 거야. 오히려 대판 크게 싸우면 얼마나 좋을까. 그런 싸움이라면 중간에 말려들어 그 둘 사이를 막고, 대신 뺨이라도 맞아 줄 수 있었다. 그런데, 태이가 적어 놓은 우리들만의 놀이는 진짜 예상할 수 없던 놀이였다. 이걸 놀이라고 할 수 있나?

*
*

교과서 암기가 놀이가 될 수 있다는 건 이번에 처음 알았다. 내가 공부를 엄청 잘하진 못해도 아예 손을 놓은 건 아니었는데, 내 주위에서 아무도 이런 놀이는 한 적이 없었다. 교과서 암기 놀이라니. 그래도 태이는 나와 달리 일기장에 꼼꼼하게 오답 노트를 챙기는 편이어서인지 태이의 일기 내용으로 많은 부분을 알아낼 수 있었다.

오늘 내기의 범위는 한국사 교과서 전체였다. 도서관 사서 선생님이 10페이지, 34페이지, 78페이지, 12페이지, 45페이지, 90페이지, 111페이지, 200페이지, 23페이지, 230페이지에서 문제를 내셨다. 확실히 근현대사 파트가 가장 많이 헷갈렸다.

자, 이제는 생각보다 간단했다. 태이가 적어 둔 한국사 교과서 페이지를 교탁 앞에 앉은 혜지에게 전달해 주면 되는 게 아닐까. 그럼 문제를 미리 알고 있는 혜지가 이길 테고, 혜지가 기말고사를 앞두고 멘털이 흔들릴 일도 없을 거라는 아주 단순한 계획이었다. 중요한 건 내기에 대해 먼저 알은체를 할 수가 없다는 것이었다. 아 모르겠고, 그냥 하면 되는 거 아닌가! 8일 후에 죽는다는데 못할 것이 무엇인가!

그렇지만 입이 떨어지지 않는 건 어쩔 수가 없었다. 수업이 진행되는 내내 혜지에게 어떻게 말하면 좋을지 시뮬레이션을 돌렸다. 나를 모르던 학원가의 누군가에게는 말이 술술 나오더니 혜지에게는 왜 입이 떨어지지 않을까? 어떨 때는 이랬다가, 또 저랬다가 마음이 자꾸 널뛴다. 나를 어떻게 볼까 싶은 불안감이 그대로 덮친다. 이상해 보이겠지. 누가 봐도 거짓말쟁이처럼 보이겠지. 누군가의 작은 반응에도 움찔거렸다. 나의 한숨에 옆자리에서 조용히 수업을 듣던 수연이 샤프의 끝으로 내 교과서 모퉁이를 쳤다.

- 무슨 일 있어?

다정한 필담이었다.

- 아냐. 그냥 졸려서.

안심한 수연이 교과서 모퉁이에 베개를 그려 주고는 다시 수업에 집중했다. 수연은 항상 편안해 보였다. 어떤 일이 벌어져도 크게 동요하지 않았다. 아현의 라방을 막았던 그날 이후로 수연은 아현에 대해서도, 그날 아현에게 소리쳤던 나에 대해서도 아무 말도 하지 않았다. 그날의 일은 이미 지나간 순간으로 둔 것 같았다. 지나간 일에 어떤 미련도 없는 것처럼.

- 나도 너 같으면 좋겠다.

문득 적힌 나의 필담에 수연이 물음표를 잔뜩 쓰고 이유를 물었지만, 답하지 않았다. 대답하면 지금 내가 불안하다는 걸 들킬 것 같았다.

*

수업이 끝나자마자 혜지에게 다가갔다. 책상 위에 놓인 혜지의 한국사 교과서가 반들반들했다.

"내기한다며?"

"그걸 네가 어떻게 알았어?"

"나도 학원 등록하려다가 들었어! 내가 도와줄까?"

거짓말을 또 해 버리고 말았다. 나의 거짓말로 혜지도, 나도 죽지 않는다면 착한 거짓말이라고 할 수 있지 않을까.

"무슨 내기인 줄은 알아?"

아차, 허를 찌르는 질문이었다.

"당연히 모르지. 그래도 뭐든 도와주고 싶어서 그래. 네가 내기에서 지면 학원을 그만둔다고 했다며. 우리 반의 전교 1등이 밀려나서 되겠어?"

"내가 그렇게 중요해?"

"중요하지, 우리 반의 명예인데?"

내 말이 말도 안 된다는 건 누구보다도 내가 잘 알고 있었다. 자꾸 이렇게 덧붙이다 보면 금세 탄로 날 거였다. 나와 함께 자습실로 가기 위해 기다리던 수연조차 쟤가 왜 저럴까 싶은 표정이었다.

"내기는 교과서를 외우는 거야. 심판이 랜덤으로 페이지를 출제하면, 그 페이지에 있는 개념 내용을 말하는 거지."

"뭐?"

이거 출제될 페이지를 미리 안다고 해도 할 수 있는 건가? 이런 걸 왜 하는 거야. 가만히 듣고 있던 수연도 입을 떡 하고 벌렸다.

"그럼 네가 한번 출제해 줄래? 연습해 볼 테니까."

방과 후 교실에 나와 수연 그리고 혜지만이 남았다. 수연도 흥미로운 눈빛으로 한국사 교과서를 펼치고 자리를 잡았다. 나는 출제자, 수연이 평가자, 혜지가 도전자였다.

"자, 시작한다!"

혜지가 결연한 표정으로 고개를 끄덕했다.

"10페이지."

그리고 34페이지, 78페이지, 12페이지, 45페이지, 90페이지, 111페이지, 200페이지, 23페이지, 230페이지까지 순서대로 출제했다. 혜지가 몇몇 구간에서 머뭇거리다 답을 이어 갔다. 나도, 뒤에서 같이 페이지를 넘겨 보던 수연도 감탄할 수밖에 없었다.

"너 진짜 천재구나."

"이 정도는 해야지."

"너는 나중에 계속 공부하겠다. 막 박사 그런 거 할 거야?"

뿌듯한 표정이던 혜지가 고개를 저었다.

"아니, 나는 선생님 할 거야."

혜지의 대답에 내가 물었다.

"왜?"

"누군가의 삶을 바꿀 수 있는 직업이잖아."

별거 아니라는 듯 툭 내뱉었지만 느낄 수 있었다. 오래 고민해 온 꿈이라는 걸. 아, 나의 짧은 깨달음 뒤로 혜지는 학원에 늦었다며 먼저 교실 밖으로 나섰다.

"오늘 도와줘서 고마워. 내일 내기 이길게!"

후련한 미소로 혜지가 떠난 교실에 남은 나와 수연은 서로를 바라봤다. 선생님이 되겠다는 혜지의 말에는 깊은 확신이 있었다. 우리는 그저 졸업만 하면 충분하다고 생각했는데, 그것만 하면 학생으로서 의무는 다한 거 아닌가 싶었는데, 혜지는 교실에 남은 우리보다 더 멀리 나아가고 있었다.

"대단하네."

수연이 읊조리며 말했다. 나 역시 고개를 끄덕였다.

"그러게."

"우리도 졸업 말고 다른 것도 생각해 봐야 할까? 졸업하고 나면 뭘 할지?"

생각할 수 있을까? 나는 원래 뭘 하고 싶었던 사람이었는지 고민할 수 있을까. 당장 8일 후에 나는 살아 있을 수 있을까? 나는 졸업을 할 수 없을지도 모른다는 말이 목에 턱 하고 걸렸다. 한참 대답이 없던 나를 수연이 바라봤다. 그래, 답은 해야지. 아무 일 없는 것처럼. 괜찮아질 테니까, 혜지가 그 내기에서 이길 테니까 미래를 바꿀 수 있어.

"뭐, 생각은 해 볼까. 졸업하고 나면 뭘 하고 싶은지? 꼭 직업일 필요는 없잖아."

"음, 그렇다면 나는 아무도 나를 모르는 곳에 딱 떨어져 보고 싶어! 유럽 같은 곳에서 살아 보는 거지. 완벽한 이방인으로."

"너는 공부 잘하니까, 외국 대학 가는 거 아냐? 유학으로? 나는 캐리어에 담아서 데려가 줘."

"뭐야, 예언이야?"

수연이 장난치며 웃었다. 진짜 예언이 된다면 좋겠다.

*

내기가 열리는 곳은 우리 학교 도서관이었다. 우리 학교의 1학년으로 다니고 있던 태이의 제안이었다. 문제 출제자로 부탁한 사람이 바로 사서 선생님이기 때문이었다.

"나가서 떠들어, 제발. 언제 철들래?"

잔뜩 짜증 난 사서 선생님의 목소리가 도서관에 있던 아이들을 내쫓았다. 책장 뒤에 숨어 있던 나와 수연은 흘깃거리며 사서 선생님을 보았다. 수연은 작게 속삭이며 사서 선생님에 대해 설명했다.

"원래는 되게 다정한 선생님이셨다는데, 잘은 모르겠어. 오히려 학생이라는 존재를 싫어하는 느낌이랄까?"

작은 목소리였음에도 어느 순간 우리가 숨어 있던 책장 뒤로 온 사서 선생님이 엄한 목소리로 말했다.

"너희도 떠들 거면 밖에 나가서 떠들어! 수연이 너는 도서부면서!"

"죄송합니다."

나와 수연은 책장 맨 밑에 꽂힌 아무 책이나 꺼내서 읽는 척하기 시작했다. 수연은 알베르 카뮈의 《이방인》을 골랐고, 내가 고른 책은 미하일 엔데의 《끝없는 이야기》였다. 두껍기도 하고 양장본이기도 해서 주로 서가 아래에 꽂아 두는 책 중 하나였다. 초등학교 때부터 아주 오랫동안 좋아했던 책이었는데, 이렇게 다시 마주할 줄은 몰랐다. 처음에는 단순히 두꺼워서 고른 책이었다.

"엄청 두껍다. 읽어 본 적 있어?"

수연의 물음에 나는 끄덕거리며 긍정의 대답을 했다.

초등학교 때에는 집에 가도 아무도 없으니 혼자 있는 게 싫어 학교 도서관에 자주 갔었다. 덕분에 책을 많이 읽게 되었다. 영화나 소설 속 캐릭터를 좋아하게 된 것도 다 그때의 기억들 때문일 거다. 《끝없는 이야기》 역시 오래 읽을 수 있도록 두꺼운 책을 고른 것이었다. 그 안에 펼쳐진 '이야기' 속의 '이야기' 속의 '이야기'로 내가 빨려 들어갈 거라고는 예상하지 못했지만. 나에게 '모험'이 무엇인지 알려 준 책이었다.

모험의 시작을 거쳐 마침내 마주한 결말에서 주인공은 무조건 달라졌다. 결말 뒤에 또 다른 모험이 기다리고 있을 테지만 그럼에도 계속 떠나고 돌아오고 다시 떠나며 주인공은 성장한다. 그래, 나의 모험도 언젠간 끝날 거고, 나는 분명 새로운 결말을 맞이할 것이다. 적혀 있는 그대로 끝내진 않을 거다.

*

태이가 도서관에 들어왔다. 태이의 명찰은 1학년을 나타내는 노란색이었다. 고등학교 1학년 1학기 중간에 미국 유학을 다녀온 태이는 여전히 1학년이었다. 태이는 혜지에게 웃으며 인사했지만, 혜지는 싸늘한 시선만 던질 뿐이었다. 태이가 어색해진 손을 등 뒤로 숨겼다. 혜지가 너무하다 싶었지만, 그래도 혜지야, 넌 할 수 있다. 너만 믿어! 미래를 바꿔 줘.

나와 수연은 책장 뒤에 숨어 내기를 지켜봤다. 선생님이 문제 출제를 시작했다.

"10페이지."

혜지가 손을 번쩍 들고 먼저 개념을 읊기 시작했다. 선사 시대, 인류의 시작에 대한 내용이 지나갔다. 34페이지, 78페이지, 12페이지, 45페이지까지 왔을 때였다. 혜지의 표정이 굳어졌다. 앞서 모든 페이지를 맞춘 혜지가 45페이지를 외치는 선생님의 말에는 손을 들지 않았다. 나는 답답한 마음이 들었다. 알고 있잖아. 나랑 연습했잖아. 혜지가 책장 뒤에 숨어 있는 나를 발견하기라도 한 듯 내 쪽을 바라봤다. 몰래 지켜보던 나는 시선을 거둬 숨었다.

"45페이지."

이제는 태이의 차례였다. 국가의 건설에 대한 이야기였다. 선사 시대에서 국가로 인정되는 곳까지 왔다. 그 뒤로 90페이지, 111페이지, 200페이지까지 혜지는 손을 들지 않았고, 4 대 4였다. 이제 남은 문제는 두 문제였는데, 혜지는 손을 들지 않았다. 말도 안 돼. 내가 너의 미래를 바꾸기 위해 얼마나 애썼는데, 왜 답을 알면서도 손을 들지 않는 거야?

그렇게 진행되던 와중 마침내 태이의 얼굴이 붉어졌다.

"너 지금 뭐 해? 지금 져 주려는 거야?"

"아니, 그게 아니라."

그 말에 태이를 마주한 혜지의 표정이 당황스럽게 변했다. 혜지가 인사를 거절하고 쌀쌀맞게 대할 때도 변하지 않던 태이의 맑은 표정이 사라져 버렸기 때문이었다.

"아니, 그게 아니라…… 내가 이상해서 그래."

"뭐가? 너 지금 나랑 내기하는 거에 전혀 열심히 할 생각이 없잖아! 어차피 같이하고 싶은 마음조차 없으면서 이걸 왜 하자고 했어?"

태이의 눈썹이 잔뜩 일그러져 있었다.

"어떻게 나를 이렇게까지 무시해?"

잔뜩 상처받은 표정을 한 태이가 도서관 밖으로 나갔다. 사서 선생님은 담담한 표정으로 작게 읊조렸다. 방금 뛰쳐나간 태이는 별로 신경도 안 쓰인다는 듯.

"4 대 4니까. 동점. 이제 끝이지?"

"네."

"너도 이제 그만 가 봐."

사서 선생님은 혼내지도, 위로하지도 않고 그저 상황을 바라보다 다시 자리로 돌아가 반납 도서들을 정리하기 시작했다. 얼빠진 표정으로 서 있던 혜지에게 책장 뒤에 숨어 있던 내가 다가갔다. 왜 내기에서 이길 방법을 알려 줬는데도 이기지 못했냐는 답답함을 가득 안은 채로.

"너 어떻게 알았어?"

나보다 더 상기된 건 혜지의 표정이었다. 혜지의 말간 피부가 붉게 달아올라 있었다.

"너 어떻게 알았냐고. 선생님이 출제할 페이지, 네가 다 말해 줬던 거잖아!"

"아니, 그건 다 우연이야!"

아니다. 미래를 읽었기 때문이었다.

"이게 어떻게 된 거든 공정하지 못하니까 내가 이기면 안 되는 거잖아. 나는 어떤 페이지가 출제될지 이미 알고 있었으니까."

"그건 의도한 게 아닌걸!"

의도한 것이 맞았다. 답답해하는 나의 뒤에서 수연의 목소리가 들렸다. 유독 낮고 조용하게.

"어쨌든 당장 가서 말해 줘. 널 우습게 봐서 그런 게 아니었다고. 사실은 얼마 전에 연습했던 문제랑 똑같이 나와서 놀라서 아무 답도 못 했다고, 가서 말해."

혜지가 고개를 저었다.

"됐어. 말해서 뭐 해. 이미 내기는 끝났고 지나간 일이야."

"지금 네 친구가 상처받았잖아. 그걸 그대로 두면 지나간 일이 되는 거야?"

수연의 말을 듣자마자 아차 싶었다. 내가 바꾸려던 혜지의 미래는 정확히 뭐였던 거지. 내가 바꿔야 하는 게 이 내기의 승부가 아니었다면, 이기고 지는 게 중요한 게 아니었다면.

시간을 3일이나 쏟아 버리고 나서야 깨달았다. 수연이 나에게 계속 무슨 일이 있냐며 물었던 것처럼 나 역시 혜지에게 무슨 일이 있냐고 솔직하게 물었어야 했다. 아무도 없는 집에 혼자 앉아 누군가 나에게 '무슨 일 있어?'라고 말해 주길 간절히 바랐던 적도 있으면서 정작 나도 다르지 않았구나.

수연의 말에 머뭇거리던 혜지가 도서관 밖으로 달려 나갔다. 오래된 매듭이 풀릴 차례였다. 우리의 대화가 이어지는 동안 사서 선생님은 아무 말 없이 책만 정리할 뿐이었다. 우리의 대화가 소음이 아니라는 듯이.

혜지의 이야기 ─────────────

태이와는 같은 어린이집 출신이었다. 나는 키가 컸고, 그 애는 작아서 늘 내가 챙겨 주는 친구였다. 애들과 싸우면 내가 든든히 막아 주곤 했다. 그때는 남자애들보다 내가 크고 힘도 셌으니까. 근데 언제부터 우리가 다른 길을 가기 시작했더라?

똑같은 어린이집을 나와, 똑같은 초등학교에 입학했다. 그때까지만 해도 같은 곳에 서 있었던 것 같다. 나는 여전히 나보다 작은 아이들을 보호하는 쪽이었고, 태이는 보호받는 쪽에 있었다. 그렇게 고작 한 개의 반이던 어린이집을 벗어나 몇 개의 반으로 나뉜 학교에서 많은 친구들을 만났다. 매일 만나던 태이와는 반이 갈라지며 띄엄띄엄 만나기 시작했다. 그게 전혀 나쁜 것은 아니었다. 학교에서는 같이 놀지 않았어도, 동네에서 마주하면 해맑게 인사하며 놀았으니까.

초등학교 6학년이 되었을 때, 태이는 여전히 나보다는 작았지만 키가 꽤 컸고 예뻤다. 나는 키가 더 컸고, 두꺼운 안경을 쓰고 공부만 하는 애였다. 그때의 내가 못났다는 건 아니지만 어떻게 꾸미고 다니느냐에 따라 다가오는 사람들이 달라지는 건 확실했다. 동네에서 오랜만에 만난 태이는 나에게 환하게 웃으며 다가와 말했다.

"우리 오랜만에 그네 타자!"

"그네?"

의아한 제안에 동네의 작은 놀이터로 끌려갔다. 어스름한 저녁이 다가오고 있었다. 태이는 정말 그네를 타러 온 것처럼 신나게 그네를 탔다. 그네가 목표가 아닐 텐데……. 태이는 누가 괴롭혔을 때에도 직접 묻지 않으면 말해 주지 않았었다. 오래된 버릇이었다.

"무슨 일 있어?"

"어떻게 알았어?"

되묻긴 했지만 태이는 기대한 대답이었다는 듯 만족스러운 표정이었다. 역시 내가 맞았다. 태이에게 무슨 일이 다가오고 있었다.

"그냥, 너는 어떻게 생각할까 싶어서."

"뭐가?"

"어떤 언니들이 같이 놀자고 해서. 나 그 언니들이랑 놀아도 될까?"

"그걸 왜 나한테 묻는 거야?"

"네가 나랑 제일 오래된 친구잖아!"

"뭐야, 네 마음대로 해!"

나는 발을 크게 굴러 그네를 더 높이 올렸다. 그때의 마음대로 해라는 진심이었던 것 같기도, 진심이 아니었던 것 같기도 하다. 내가 뭐라고 태이한테 그러지 말라고 하겠어. 묘한 불안감은 뒤로 했다. 어쩌면 느끼고 있었다. 그 언니들이랑 노는 태이와는 멀어지게 될 거라고.

그날 이후로, 태이와 나는 완전히 달라졌다. 태이가 한참 빙빙 돌며 다른 길을 갈 때, 나는 오로지 하나의 길로만 걸었다. 모범생으로 사는 게 세상에서 제일 쉬웠다.

중학교 2학년이 되어서 다시 만난 태이는 잔뜩 지친 모습이었다. 몇 번의 경찰서 방문 이후일까, 태이의 엄마가 나에게 태이를 부탁했다. 좋은 친구가 되어 달라는 부탁이었다. 그날 이후부터 방과 후엔 태이하고만 시간을 보냈다. 오랜만에 다시 보자 처음엔 어색했다. 할 말이 없었다. 그래도 오래전부터 알아 온 사이의 장점은 말하지 않아도 괜찮다는 거였다. 나는 책을 읽었고, 태이는 그 옆에 널브러져 누워 있었다. 중학교 2학년 중간고사가 다가왔고 시험공부를 하는 나를 따라 심심했던 태이도 함께 공부하기 시작했다. 처음엔 비협조적이던 태이도 나와의 공부 시간이 익숙해진 듯했다. 그렇게 태이의 성적은 고공 상승했다. 20점대였던 영어가 80점이 되었을 때, 내 휴대폰에 저장된 태이의 이름을 바꿨다. '영어 천재 정태이'라고. 그렇게 태이와 함께 공부하면서, 내가 계속 해 오던 공부를 어떻게 써먹어야 할지 결정할 수 있었다. 내가 가르친 태이의 성적이 오르면 오를수록, 나는 선생님이 되어야겠다는 꿈을 꿨다. 태이가 변하고 있었으니까. 눈앞에서 태이가 달라지는 게 느껴졌다.

"우와, 이거 다 네 덕분이야."

태이가 내 성적을 위협한 것은 고등학교 1학년 1학기였다. 태이는 나랑 다니며 쭉쭉 성적을 올리더니, 마침내 사설 모의고사 성적이 나보다 높아졌다. 태이가 전교 1등, 내가 전교 2등이 되었다. 몇 년 전까지 공부를 포기했던 태이가 전교 1등이 된 건 마치 전설처럼 여겨졌다. 한 번도 벗어난 적이 없는 정도定度의 길을 계속 걸어왔던 나는 들어 본 적이 없던 종류의 칭찬이었다. 그 모습이 짜증 났다. 나는 태이와의 관계를 모조리 끊었다. 나의 나쁜 질투가 태이를 향해 가시를 내밀었기 때문이었다. 머리로는 알아도 태이가 자꾸 미워졌다. 때마침 태이가 1학기를 마치고 원래부터 예정된 유학을 가게 되면서 자연스럽게 멀어질 수 있었다. 태이가 유학을 가는 날까지도 나는 태이의 연락을 피했다.

태이가 돌아왔다는 연락을 받았다. 심지어 우리 학교의 1학년으로 전입한다고 했다. 피구 연습을 하는 내내 집중하지 못해 수연이 던진 공을 그대로 맞을 뻔했던 날이 바로 그날이었다. 나와 태이의 관계를 알고 있던 아이들에게서 온 연락에 스마트워치가 웅웅 울렸다. '정태이가 돌아왔대!' 태이가 돌아왔다는 소식을 들었던 날, 괜찮아진 줄 알았던 나의 모나고 나쁜 감정이 올라왔다. 그래서 태이를 보는 것 자체가 불편했다. 태이의 해맑은 인사도 그냥 무시했다. 친한 사이가 아니라면 이런 불편한 감정도 괜찮지 않나. 친구가 아니게 된다면, 괜찮지 않을까.

그렇지만 일부러 상처를 주고 싶었던 건 아니었다. 그냥 문제가 내가 아는 곳에서만 출제가 되다 보니 그게 당황스러웠을 뿐이었다. 교과서 암기는 우리만의 방과 후 수업에서 매번 하던 놀이였다. 다른 애들은 그게 놀이라고 할 수 있냐고 말하지만, 분명 우리한테는 놀이였다. 그래서 이렇게 끝내고 싶진 않았는데, 최선을 다해서 잘 마무리하고 싶었는데.

"지금 네 친구가 상처받았잖아. 그걸 그대로 두면 지나간 일이 되는 거야?"

수연의 말에 정신이 번뜩 들었다. 나란히 그네를 탔던 그날, 불편한 진심을 숨기기 시작하면서 놓친 관계였다. 달렸다. 아직 멀리 가지 못했을 거다. 태이는 달리기를 잘 못하니까. 반면, 나는 아주 잘 달린다.

"미안해. 그런 의도는 아니었어."

태이가 뒤돌아 물었다. 여전히 눈썹이 일그러져 있었다. 그 표정은 잔뜩 상처받았다는 의미였다.

"그러면 왜 그랬어?"

"아니, 연습했던 문제랑 출제된 페이지가 너무 똑같아서 놀라서 그랬어."

"그럼 좋은 거 아냐? 네가 다 맞힐 수 있던 거잖아."

"그건 뭔가 공정하지 않으니까."

태이의 일그러진 눈썹이 힘이 풀린 듯 편한 일자가 되었다. 나는 계속 말을 이었다.

"선생님이 낼 문제를 내가 미리 알고 있다고 생각하니까 내가 그 답을 말하면 안 된다고 생각했어."

솔직한 사과에는 용기가 필요했다. 그게 바로 지금이었다.

"미안해."

태이는 다행이라는 미소를 지으며 나에게 가까이 다가와 말했다.

"넌 여전히 너한테 제일 관대하지 않네."

큰 눈으로 울먹이면서.

"네가 방과 후마다 날 과외하는 것처럼 같이 공부해 줬던 건, 네가 날 말리지 않았다는 죄책감 때문이었잖아."

"알고 있었어?"

모를 줄 알았다. 그날의 죄책감을.

"당연하지. 우리가 얼마나 오래된 친구인데! 그리고 넌 날 미워해도 돼. 평생 이겨도 돼."

내 못난 감정이 새어 나왔나 보다. 내가 태이를 잘 알고 있는 만큼 태이 역시 나를 너무 잘 알고 있었다.

"네가 날 바꿔 줬잖아. 지금의 나는 다 네 덕분이라는 말이야. 그러니까 우리 다시 친구하자. 응? 나는 네가 나한테 어떻게 해도 다 괜찮거든."

태이가 작은 품으로 나를 안아 줬다. 나의 모난 가시들을 그대로 껴안으면서. 그렇게 있어도 된다는 듯이.

도서관 밖으로 달려간 혜지를 따라 나가려던 나를 붙잡은 건 수연이었다.

"이제부터는 혜지 몫이야."

나는 뭔가 계획이 뒤섞인 것 같다는 생각에 머리가 아

파 왔다. 자꾸 뭔가 꼬이는 것 같았다. 본질을 보지 못하고 주변만 들쑤시고 다니는 내가 멍청하게 느껴졌다. 수연의 말에 그저 고개만 끄덕였다. 그래, 내가 성급했어.

수연이 뒤이어 작게 물었다.

"너 미래를 알고 있지?"

7장

세 번째 용의자, 말하지 못한 진실

내가 죽는 날까지 D-6

수연과 함께 야간 자율 학습을 땡땡이치고 향한 곳은 우리 집이었다. 아직 엄마가 퇴근하기 전이었다. 텅 빈 집의 현관문을 열고 들어가자 수연이 들어오며 작게 말했다.

"안녕하세요."

"지금 아무도 없다니까?"

"그냥 인사야. 원래 남의 집에 들어가면 인사하는 거라고."

집에는 아무도 없었고, 하다못해 신발장에도 나와 수연의 신발뿐이었지만, 나는 곧장 나의 방으로 향했다. 나의 비밀을 털어놓을 수 있는 유일한 곳으로.

"그래서 지금은 말해 줄 수 있는 거야?"

수연이 자신이 말하면서도 어색한 문장을 덧붙였다.

"……그러니까 네가 미래를 알고 있는 게 어떻게 가능한 건지?"

"응, 보여 줄게."

보여 준다는 말에 수연은 이해할 수 없다는 듯한 표정으로 나를 쳐다보았다. 나는 책상 책꽂이 사이에 꽂아 둔 일기장을 꺼냈다. 인조 가죽으로 감싼 일기장을 건네받은 수연은 고개만 갸웃할 뿐이었다.

"이게 뭔데?"

"날짜를 적으면 그날에 무슨 일이 생기는지 알려 주는 일기장이야. 좀 더 정확하게 말하자면, 미래의 내가 쓸 일기를 앞당겨서 보여 주는 일기장이랄까? 쉽게 말해서 웹툰 미리 보기 같은 거야."

내가 멋쩍게 웃으며 말했다. 그래, 내가 말하면서도 말이 안 됐다. 미래의 내가 적은 일기를 미리 볼 수 있다니. 말도 안 된다고 생각해야 할 일들이 요즘 나의 모든 순간을 흔들고 있었다. 믿을 수 없다는 눈빛으로 수연은 일기장을 조심스레 펼쳤다. 지금은 텅 빈 일기장에 불과했다. 저번에 태이가 쓴 일기들은 다음 날 밤 9시가 되자 사라졌다. 더 알 수 없다는 표정으로 날 바라보는 수연에게 나는 아무 말 없이 태블릿을 열어 건넸다. 일기장이 보여준 미래를 기록해 둔 사진이었다.

"자, 사진 촬영 일자랑 비교해 보면 확실히 알 수 있겠지만, 이 일기장에 날짜를 적으면 그날 일기에 적힐 일들을 미리 알 수 있어."

수연이 이해할 수 없다는 표정으로 사진 크기를 키웠다 줄였다 했다. 당연한 반응이었다.

"물론 미래의 내가 적은 내용을 미리 보는 거니까. 내가 겪거나 보고 들은, 내가 알 수 있는 범주 안에서만."

의자에 앉아 사진을 넘기는 수연의 눈이 점점 동그랗게 커졌다. 그러다 한 일기에 멈춰 내용을 살폈다.

내 옆에 서 있던 혜지가 피구 공에 얼굴을 정통으로 맞았다. 문제는 혜지가 안경을 끼고 있었다는 거였다. 혜지의 콧잔등과 눈 사이가 찢어져 피가 흘렀고, 운동장에 비명이 가득 찼다. 공을 던진 수연의 얼굴은 사색이 되었다.

"그럼 그때, 내가 던진 공을 막아 준 것도……."
"맞아, 네가 공을 던져서 벌어질 미래를 알았거든. 그 공에 혜지가 크게 다치게 된다는 것도."
"그럼 네가 미래를 바꾼 거야?"
"뭐, 그렇지. 그런데 어차피 원래 벌어질 일을 막아도 비슷한 일이 벌어지더라고."
"응? 어떻게?"
곧바로 대답하지 못한 나는 침대에 앉아 의자에 앉은

수연을 바라봤다. 호기심이 가득 담긴 눈빛이었다. 어디까지 말할 수 있을까.

"……아현이가 거짓말로 집들이 라방을 하진 않았지만 결론적으로 지민이랑 멀어졌고, 나는 혜지가 그 내기에서 이기게 해 주고 싶었는데, 결국 혜지는 내기에서 이기지 못했잖아. 미래가 조금 달라지더라도 일어날 일은 결국 그대로였어."

말하는 내내 결국 내가 바꾼 게 하나도 없다는 사실을 깨달은 나는 자연히 고개를 아래로 떨궜다. 이런 내가 진짜 미래를 바꿀 수 있을까. 내가 막았던 게 있나. 꼼꼼하게 일기 사진을 보던 수연이 들뜬 목소리로 되물었다.

"진짜 그대로였다고 생각해?"

그 말에 고개를 올려 마주 본 수연은 엄청 대단하다는 듯 나를 바라보고 있었다.

"내가 혜지를 다치게 할 뻔한 것도 막아 냈고, 아현이가 거짓말을 하려는 것도 막았잖아. 혜지는 그 내기에서 지지 않았어. 정확히 말하자면, 무승부였다고! 네가 미리 본 그날의 일기와 완전히 다르게 흘러가고 있잖아. 네가 그 아이들의 결말을 바꾼 거야!"

진짜 그럴까. 나는 오히려 불안한 눈빛으로 수연을 바라봤다. 말할 수 있을까. 내가 바꾸고 싶었던 미래는 그 아이들의 미래가 아니라 내가 죽는 미래라는 걸. 수연은 한참 뚫어져라 읽던 태블릿을 무릎 위에 올려놓고, 일기장을 펼쳤다. 맨 뒤의 도서 대출증에 적힌 규칙까지 찬찬히 읽던 수연이 한 이름을 읽어 냈다.

"정환?"

1964년에 대출한 사람의 이름이었다. 도서 대출증으로 추측할 수 있는 가장 오래된 이 일기장의 사용자였지만, 한자로 쓰여 있어서 나는 대충 넘겨보았다.

"오, 곧바로 읽네."

"이 정도야."

수연이 뿌듯하다는 듯 어깨를 들썩였다. 그러고는 도서 대출증을 뚫어져라 쳐다봤다.

"이거 어디서 많이 본 것 같은데."

"진짜? 어디서?"

수연의 미간이 찌푸려지며 기억을 떠올리는 듯하다 이내 고개를 저었다.

"잘 모르겠다."

일기장의 정체에 좀 더 가까워지던 찰나 눈앞에서 놓친 기분이었다. 멋쩍은 듯 헤헤 웃던 수연이 다시금 내게 물었다.

"그런데 네가 진짜 바꾸고 싶었던 게 뭐야?"

"응?"

"아현이의 거짓말을 막고, 혜지가 친구와의 내기에서 이기게 만드는 게 너의 목표였다면 너는 다 해냈잖아. 그렇다면 너는 후련한 표정을 짓고 있어야 하는데, 뭔가 불안해 보여서."

올곧은 눈빛으로 수연은 나를 바라보고 있었다. 추궁하는 게 아니라 무엇이든지 들어줄 거라는 눈빛이었다. 수연은 살짝 눈을 아래로 피하는 나에게 다시 한번 물었다.

"무슨 일이 있는 거지? 진짜로 네가 바꾸고 싶은 미래가 뭐야?"

그래, 결국 말해 버릴 수밖에 없다. 누군가 나에게 이렇게 물어봐 주길 기다려 왔으니까. 어쩌면 아주 오랫동안.

"그 일기장에 6월 27일 이후로 나의 일기가 적히지 않는 사건을 바꾸고 싶어."

"응? 그게 무슨 뜻이야?"

"내가 6월 28일에 죽는다는 뜻이야."

수연이 당황한 눈빛으로 나를 바라봤다. 다시금 깨달았다. 내가 겪은 나쁜 일들을 말하는 것이 왜 무서웠는지를. 바로 이 눈빛 때문이었다. 어쩌면 나에 대한 말을 들은 사람들이 나를 그렇게만 볼 것이 두려웠다. 나를 불행한 사람으로 보고, 한순간에 그런 사람으로 판단되는 게 무서웠다. 아빠 없는 애라고 불리는 게 싫어서, 아빠의 외도로 버려졌다는 걸 밝히기 싫어서, 애들한테 따돌림을 받다가 도망치듯 전학 왔다고 말하기 싫어서, 할아버지가 돌아가신 것도, 내가 죽을 지도 모른다는 것도, 동정과 연민으로 정의될 내가 싫어서. 나는 나의 약한 모습을 드러내고 싶지 않았다. 이봐, 내가 죽을 지도 모른다니까 저런 눈빛으로 보잖아. 그러니까 아무렇지 않은 척하자. 최대한 괜찮아 보이게.

"그 규칙을 보면 다른 사람이 쓴 그날의 일기도 볼 수 있거든? 그래서 내가 엄마한테 부탁했어. 6월 28일을 적어 달라고. 그렇게 6월 28일 자의 엄마의 일기를 봤지. 그 내용을 보니까 내가 죽었더라고."

분위기를 풀기 위해 살짝 미소 지었지만 수연의 표정은 점차 굳어졌다. 점점 무거워지는 분위기를 바꾸고 싶어 다른 이야기라도 꺼내려 했지만, 수연은 내가 그렇게 다른 말로 돌리기도 전에 끈질기게 물었다.

"어떻게? 왜?"

"아, 학교 옥상에서 자살하려던 애랑 같이 떨어졌대."

최대한 아무렇지 않게 말했다. 괜찮다는 듯.

"그래서 자살을 택할 것 같은 애들의 미래를 바꾸고 있었어. 그들이 죽지 않으면 나 역시 죽지 않을 테니까. 내가 설마 내 일기장에 나오지도 않는 애를 도우려다 죽진 않겠지 싶어서."

가만히 내 말을 듣던 수연이 다가와 말없이 나를 안았다.

"왜 이래, 징그럽게."

"놀랐겠다. 무섭진 않았어?"

똑똑, 나에게 천천히 노크하듯 건네는 수연의 물음에 나는 속절없이 내뱉고 말았다.

"……나 죽고 싶지 않아."

참았던 눈물이 수연의 어깨 위로 떨어졌다.

*

"그럼 네가 생각하는 다음 후보는 누구야?"

나는 붉어진 눈으로 수연을 바라봤다. 마주 본 수연의 눈 역시 나와 같았다. 우리는 앞으로의 계획을 논의하기로 했다. 수연의 손에는 어느새 수첩이 들려 있었다. 반드시 그 미래를 바꿔 주고야 말겠다는 책임감이 가득한 목소리였다. 남 일인데 또 저렇게 진심이라니까.

"사실, 가장 첫 번째로 떠올랐던 후보야. 그 애가 왜 죽고 싶은지는 그냥 그 일기 속 사건만 읽어도 알 수 있었으니까."

어쩌면 나는 계속 내가 그 일과 무관할 거라고 믿었는지도 모른다.

"그 애의 사건은 내 일기에 그대로 적혀 있어. 그리고 그 일이 벌어지는 건, 3일 후 기말고사 첫 번째 날이야."

오늘의 날짜 : 6월 24일 월요일 / 오늘의 날씨 : 서늘한 폭우

기말고사가 시작했다. 그리고 시험이 끝나고 가채점을 위해 정답을 읊어 주던 혜지의 목소리가 묻혔다. 잘못된 정답 때문이 아니라 전교생에게 보내진 단체 문자 때문이었다.

그 아이의 사건이 담긴 일기를 읽던 수연의 표정이 잔뜩 굳어졌다. 수연의 표정을 보면서 나는 살짝 눈치를 봤다. 계속 미루고 싶던 일이었다. 불편할 수밖에 없는, 그래서 엮이고 싶지 않았던 그런 일. 최대한 거리 두기하고 싶었던 일.

"절대 그 애랑은 엮이지 않겠지 싶었는데, 그래서 아닐 거라고 생각했는데…… 어쩌면 내가 해결해야 하는 문제가 바로 얘일 수도 있을 것 같아. 오늘 밤에 내가 죽게 되는 날의 일기를 다시 써 봐야 정확히 알겠지만, 만약 오늘 밤에도 그날의 내용이 적히지 않는다면……. 내가 막아야 하는 건, 이 아이의 사건이겠지."

내가 길게 말을 쏟아 낼 동안 한참이나 그 아이의 사건

이 담긴 일기장을 들여다보고 있던 수연이 말했다. 주저 없는 목소리로.

"같이하자."

"응?"

"이건 막아 주자. 같이해, 나랑."

"너도 엮이지 않는 게 좋을 거라고 했잖아."

"그래도…… 이건 너무하잖아."

문자에는 아무 내용 없이 벌거벗은 해진의 사진만이 첨부되어 있었다. 전교생에게 전송된 건 끔찍한 악행이 담긴 사진이었다.

나는 수연과 눈을 맞췄다. 그래, 맞아. 끝내 고개를 끄덕일 수밖에 없었다. 내 죽음과 관련이 없다고 해도 이 일만은.

"그래, 오늘 밤에 그날의 일기가 적히더라도, 이 사건은 막아 보자."

*

나는 수연과 내일 또 만나 그 사건을 막을 계획을 같이 짜 보자고 약속했다. 수연은 내일 보자며 손을 꽉 쥐었다.

"꼭 연락해!"

그렇게 수연이 가고 나서, 얼마 지나지 않아 퇴근하고 돌아온 엄마가 나를 보고 놀라서 물었다.

"야간 자율 학습은?"

"아, 다음 주에 기말고사라 오늘은 쉰대."

술술 나오는 거짓말로 둘러대는 나에게 엄마는 잘됐다는 듯 웃으며 말했다.

"아, 그래? 그러면 오랜만에 엄마랑 야식 먹을까?"

"좋아!"

손이 큰 엄마는 배달 음식을 시키면 뭐든지 거하게 시키는 것이 습관이었는데, 이번에도 마찬가지였다. 겨우 두 사람이 먹을 건데 매운 떡볶이에 온갖 토핑을 추가하고, 주먹밥에 튀김까지 식탁을 가득 채울 정도의 양이었다. 봉투에서 포장된 그릇을 꺼낼 때마다 입이 쩍 벌어졌다.

"엄마 왜 이렇게 많이 시켰어?"

"우리 이렇게 먹는 건 오랜만이잖아."

그렇게 배달 음식을 식탁 위에 깔아 놓고 늦은 저녁을 먹기 시작했다. 자극적인 맛이 혀끝을 마비시켰다. 어릴 때는 종종 이렇게 엄마와 이렇게 같이 짜고 달고 매운 것을 먹곤 했다. 최근엔 그러지 못했지만……. 붉어진 입술로 엄마가 말했다.

"다음 주에 기말고사 끝나니까 그 주 주말에 엄마랑 1박

2일로 어디 다녀올까?"

한창 바쁜 시기라 주말에도 일하던 엄마였다. 이 제안을 위해 엄마가 얼마나 일을 더 해야 할지 안다. 그래서 나는 웃으며 좋다고 했다. 그래, 여행 갈 수 있을 거다. 그렇게 만들어야지. 나의 결말을 무조건 바꿀 거니까.

엄마와 야식을 먹다보니 밤 10시가 넘어 있었다. 며칠 전이었다면, 야식을 먹다 말고 방안으로 달려 들어가 날짜를 적었을지도 모른다. 그렇지만 마지막일지도 모른다는 생각에 더 오래 뭉개고 앉아 있었다. 엄마와 나란히 배달 음식이 묻은 플라스틱 용기를 물로 닦아 냈다. 하얀 용기를 물들였던 붉은 국물이 씻겨 나가 말끔해졌다. 이제는 6월 28일의 결말을 마주해야 했다. 미루지 않고.

이제 일기를 적어 볼 시간. 나는 숨을 한 번 크게 몰아쉬고 6월 28일을 적었다.

1, 2, 3, ……, 30!

오늘의 날짜 : 6월 28일 금요일 / 오늘의 날씨 :

여전히 아무것도 적히지 않았다. 아현도, 혜지도, 28일의 그 아이가 아니었다. 내가 애써 눈감고 있었던 해진의 일을 내가 막아야 하는 모양이다. 그래, 너도 살고 나도 살자.

12시가 넘었다. 이제 내가 죽는 날까지 6일 남았다.

※

다음 날, 학교가 아닌 동네 카페에서 아침 일찍 만난 수연은 잔뜩 피곤해 보였다. 당장 며칠 후에 죽을지도 모르는 나보다 제대로 잠들지 못한 것 같았다.

"잠 못 잤어?"

"당연한 거 아냐? 그런 엄청난 사실을 듣고서 어떻게 쉽게 잠들 수 있겠어?"

수연은 인터넷에 미래를 볼 수 있는 능력들에 대해 검색해 봤다고 했다. 내가 맨 처음 일기의 존재를 알게 된 그날 밤, 내가 검색했던 단어들이 떠올랐다. 쓸모는 없었지만.

"그래서 얻은 정보는 있어?"

"아니! 피로만 얻었지. 혹시……."

머뭇거리던 수연의 뒷말을 내가 이었다.

"9시 넘어서 일기를 써 봤냐고?"

수연이 고개를 끄덕였다. 엄청 궁금했을 텐데 꾸욱 참다가 물어본 거였나 보다. 나는 마치 어제 어떤 드라마를 보다 잤냐는 물음에 대답하듯 말했다.

"일기는 썼고, 여전히 그 날짜의 나는 일기를 쓸 수 없는 상황이었어. 아현도, 혜지도 28일의 그 아이는 아니었던 모양이야."

아, 수연이 작게 탄식했다. 충분히 어젯밤 미리 물어볼 수 있었겠지만, 먼저 연락하지 않은 건 수연의 배려였을 거다. 그리고 수연의 피로가 누적된 이유였을 테고.

"그래도 서해진, 걔를 살리면 나도 살 수 있지 않을까 하는 확신이 들었어. 네 말처럼 그 애의 일은 정말 큰일이니까."

이상하게도 마음이 편했던 건, 나에게 남은 선택지가 하나였기 때문이라는 생각이 들었다. 생각이 명료해졌다. 그 아이의 결말을 바꿀 수 있다면, 내 결말 역시 바뀌겠지. 전학 첫날부터 느꼈던 찝찝함이 씻겨 내려갈 터였다. 그 순간 수연이 손뼉을 마주치며 회심의 미소를 짓고는 노트북을 돌려 화면을 보여 줬다.

"아, 맞아, 나는 김기석에 대한 정보를 찾았어."

"왜?"

"그런 사진을 전교생한테 퍼트릴 사람, 걔밖에 더 있을까?"

수연이 보여 준 노트북 화면 속에는 김기석의 얼굴이 담긴 사진들과 여러 개의 SNS 계정들이 떠 있었다.

"봐봐, 김기석에 대해서 찾아봤는데, 별게 없는 거야."

화면 위로 김기석의 공개 SNS 계정 사진들이 보였다.

"그런데 내가 걔 이메일 주소를 알더라고! 작년에 내가 어쩌다 우리 학교 축제 기획팀이었거든. 김기석이 자기 친구들하고 공연하고 싶다고 공연 신청했었고, 물론 무산되긴 했지만."

"왜?"

"기획 팀장 오빠가 허락을 안 해 줬어. 어쨌든! 김기석 이메일로 구글링을 해 봤어. 걔랑 친한 친구들 SNS부터 얘가 공개로 올려 둔 건 다 볼 수 있다고."

김기석의 이메일로 검색하면서, 수연의 눈이 반짝거리며 빠르게 여러 SNS들을 파헤쳐 들어갔다. 꽤 능숙한 손놀림이었다.

"근데 너 SNS 안 한다고 하지 않았어?"

"아, 그치. 그래도 옛날엔 했었으니까."

내 물음에 빠르게 움직이던 수연의 손놀림이 살짝 느려졌다. 머쓱하게 웃는 수연 앞에서 나는 그저 고개만 끄덕이며 말했다.

"대단하다. 나는 이런 거 잘 못하거든."

내 대답에 뭔가 안심한 모양인지, 수연이 손놀림이 다시 빨라졌다. 하지만 아까 전부터 든 생각이 계속 마음에 걸렸다. 설마 바보도 아니고…….

"근데, 이런 일을 공개적으로 할까? 자기도 알 거 아냐. 자기가 했던 게 다 범죄라는 거 정도는."

수연의 손놀림이 점차 느려졌고, 수연은 조금 차분해진 목소리로 대답했다.

"그런 놈들은 과시하길 좋아하니까. 내가 이렇게까지 정복했다는 걸 뽐내길 좋아한다고. 절대 비공개로 하지 않아. 드러내야 세 보인다고 생각하니까."

"설마……."

"진짜야. 봐봐."

수연이 보여 준 김기석이 운영하는 또 다른 SNS 계정 속 사진은 마치 범죄 현장 그 자체였다. 버려진 창고에서 맞은 채 쓰러진 한 남학생의 모습은 언뜻 보였지만 해진이 분명했다. 수돗가에서 찍힌 사진도 있었다. 교복을 입은 채로 흠뻑 물을 맞은 모습이었다. 아마도 내가 전학을 왔던 첫날의 사진인 것 같았다.

"아니, 바보도 아니고. 정말로 범죄 증거를 스스로 아카이빙하고 있는 거야?"

내 말에 수연이 고개를 젓더니 계정 아래에 적힌 문구를 가리켰다.

"이 계정 소개 글 보여?"

'위 계정에 올라오는 사진은 모두 연출된 사진입니

다'……? 뻔뻔하게도 그 아래엔 'Director. Kim'이라고도 적혀 있었다. 연출된 사진이라고? 말도 안 돼.

"왜 우리 반에서 서해진과 관련해서 어떠한 조치도 못 했는지 알아? 그게 모두 연출한 상황이라고 했기 때문이야. 한 마디로 친구들끼리 하는 '장난'이라는 거지. 우리 담임 선생님도 3월 초에 사건을 파악하자마자 그 일을 고발하셨었어. 그런데 지금은 손댈 수가 없으셔. 해진이가 직접 말했거든."

"뭐라고 했는데?"

"이거 다 장난이에요."

그렇게 말하는 수연의 뒤로, 갑작스레 해진의 목소리가 겹쳐 들렸다. 아마 그런 목소리가 아닐까 싶은 상상 속 목소리. 나는 한 번도 해진의 목소리를 들어 본 적이 없었다. 수연은 교무실에 심부름하러 갔다가 건너 들었다고 했다. 수연도 *그날* 들은 해진의 목소리가 처음이자 마지막이라고 했다.

'이거 다 장난이에요.'

'괴롭힘당하는 거 아니에요.'

'그러니까, 걱정 마세요.'

'신경 쓰실 필요 없어요.'

수연이 말해 준 해진의 대답은 아주 익숙했다. 그건 나를 따돌렸던 애들이 했던 말들이었다. 몇 개월 전 나는 교무실에서 그 애들과 마주 앉아 그들의 목소리로 직접 들었다. 그러니까 나는 장난에 과민 반응하는 아이, 이미 거짓말쟁이인 나는 그런 장난을 당해도 되는 아이였다. 그래, 다 장난이니까 너무 일 키우지 말자. 그런 다독이는 목소리. 나는 무탈한 학교에서 발견된 아주 작은 탈이었다. 무탈한 것이 정상적인 공간에서 나 같은 작은 탈은 그저 조용히 사그라드는 것이다. 언젠가 과학 선생님이 말했다. 민들레는 생태계를 교란하니까 민들레 홀씨를 보면 밟으라고. 퍼져 나가지 않게. 나는 딱 그 정도의 무게인 탈이었다. 홀씨 정도의 탈. 그래, 별거 아닐 수 있지. 근데 그렇게 밟는다고 홀씨가 모두 없어지는 건 아니었다.

"나는 이거 장난이 아니라고 생각해."

수연의 목소리가 과거 교무실 안 의자에 앉아 있던 나를 다시 카페 안으로 끌어당겼다. 눈앞에 앉은 수연의 표정이 결연했다. 어차피 남 일인데, 그 표정에 괜히 미소가 지어졌다. 혼자가 아니라는 생각이 들었다. 그렇다. 장난이라는 이름에 숨은 폭력이 드러낼 때였다. 나 역시 흐린 눈으로 바라보고 있던 장면들을 명확히 바라봐야 했다.

"어떻게 하면 좋을까?"

"그날 벌어질 일을 우리가 먼저 알아봐야지."

나의 손을 잡으며 할 수 있을 거라 말하는 수연을 가만히 보았다. 어쩌면 여태까지 내가 죽는 미래를 바꿀 수 있다는 확신은 없었다. 그래도 한 번 더 해 볼 수 있다는 생각이 들었다. 혼자가 아니니까. 한 번만 더, 한 번만 더 바꿔 보자. 뭐든 해 보자. 그게 지금의 나를 위해서인지, 미래의 나를 위해서인지, 어쩌면 과거의 나를 위해서인지는 모르겠지만.

*

아직 기석이 운영하는 'director_kim' SNS에는 3주 전의 사진 이후로 기석이 연출된 사진이라고 부르는 어떠한 사진도 새롭게 올라오지 않았다. 업로드 주기는 매번 달라서 주기로는 파악할 수 없었다. 나와 수연은 머리를 모아 생각했다. 사진이 퍼지는 건 6월 24일 월요일 오후였다. 해진의 사진이 담긴 문자는 전교생이 기말고사가 끝나는 시점에 맞춰서 모두가 반납했던 휴대폰을 돌려받았을 시점에 전교생에게 보내졌다. 잠시만, 전교생의 연락처는 어떻게 알아낸 거지? 나는 진선고 가이드에 적혀 있던 혜지의 번호로 전화했다. 문의처까지 확실하게 정리한 진선고 가이드를 만드는 혜지라면 충분히 알 수 있지 않을까 싶은 마음이었다.

"혹시 전교생 연락처를 알 수 있는 방법이 있을까?"

"그걸 알아서 뭐 하게?"

맞는 말이다. 굳이 평범한 학생이 그걸 알아서 무얼 할까.

"아니, 그냥 궁금하더라고."

"뭐, 일단 출석부에 다 나와 있으니까. 불편하더라도 하나하나 찾으면 알 수야 있겠지. 굳이 그렇게까지 다 알아야 하나 싶지만. 아니면 행정실에서 전교생 연락처를 관리할 테니 거길 통하든가."

"학생이 하기엔 어렵지 않나?"

"당연하지. 그런데 1년에 딱 일주일, 축제 준비를 하는 애들한테는 연락처를 공유해 줘."

"축제?"

혜지와 통화하던 나의 의문을 들은 수연은 뭔가 깨달은 듯, 갑자기 노트북에서 무언가를 찾기 시작했다. 혜지는 이해할 수 없다는 나의 목소리에 2학기에 열리는 학교 축제를 설명하기 시작했다.

"우리 학교 축제는 처음부터 끝까지 학생들이 주도하는 문화야. 학생들이 직접 만드는 축제 문화가 우리 학교 트레이드마크거든. 그래서 축제 기획 팀인 애들은 전교생 연락처 파일을 공유받아 축제 공지 문자를 보내고 관리할 수 있어. 아니, 그거 우리 학교 가이드에 적혀 있는데!"

나는 머쓱하게 웃었고, 휴대폰 너머 혜지의 맑은 눈동자가 찌릿 째려보는 느낌에 섬찟했다.

"게다가 우리 학교 축제의 하이라이트가 문자로 공유되는 깜짝 미션이거든."

"깜짝 미션?"

"방 탈출 게임처럼 문자 내용에 담긴 암호를 풀어서 최종 목적지에 도착하는 게임이야. 작년에도 문자로 공지한 장소를 선착순으로 찾아오면 상을 줬어. 아마도 거기가 학교 뒷산 쪽 버려진 창고였지?"

"버려진 창고?"

"응, 학교 뒷산에 별관 옆에 버려진 창고가 하나 있거든. 난 거기 가 봐야 의미 없다 싶어서 안 갔어. 갔던 애들이 폴라로이드 카메라를 받았던 것 같은데."

"진짜 고마워."

수연이 뭔가를 찾았는지 눈을 크게 두 번 끔뻑였다. 그 신호에 내가 혜지와의 전화를 끊자, 수연이 노트북을 돌려 보여 줬다. 작년 축제 계획표였다.

"내가 이걸 깜빡했어. 나는 어차피 1학년이어서 선배들이 시키는 대로 했거든. 원래 축제를 이끄는 건 2학년 선배들이니까."

수연은 작년 축제 계획표 파일에 있던 이름을 가리켰다. 'Director. Kim.' 나의 눈썹이 들썩거리자, 수연이 뒤이어 설명했다.

"김정석, 지금 3학년이고 김기석 형이야. 작년 축제 기획팀 총괄이었고……."

"아, 그럼 김기석 공연을 막은 게……!"

"맞아, 걔네 형이야. 그러니까 전교생 연락처는 이 루트를 통해서 얻을 수 있지. 이 선배는 완전 모범생에 전교 회장이라 선생님들의 신임을 받고 있거든."

"어쨌든 올해 전교생한테 뿌려지려면, 올해 버전의 전교생 연락처가 있어야 하는 거 아냐?"

"아, 그렇긴 한데……."

수연이 아차 싶은 듯 고개를 갸웃했다. 나는 작년 축제 계획표의 적힌 축제 기획팀 이름을 내려다봤다. 1학년 김수연, 민은정, 박예은…… 설마.

"올해 축제 기획팀은 꾸려졌어?"

"아직 다 꾸려지지 않았겠지만, 기획 총괄은 정해졌어. 보통 이전 기획 총괄이 다음 기획 총괄을 지정하거든."

"그게 누군데?"

"너도 아는 사람이야. 강지민."

*

 강지민, 진선고의 인싸 중에 인싸. 귀엽고 예쁜 얼굴에 SNS에서도 인기가 많고, 아이들 사이의 대세를 만드는 아이, 영향력 있는 진선고의 인플루언서 같은 존재다. 같은 반이지만 나와의 관계는 한마디로 애매하다. 나쁘지 않았던 관계였지만, 저번에 아현이 나와 수연이 함께 찍은 셀카를 SNS에 업로드한 이후로는 서먹해졌다. 지민과는 딱히 이유가 없으면 말을 걸지 않는 관계 그 이상도 이하도 아니었다. 먼저 지민의 이름을 언급했던 수연이 조심스레 물었다.

"지민이도 이 일에 엮여 있을까?"

"그건 알 수 없지만, 지민이가 김기석한테 연락처를 줬을 수도 있지. 그 문자를 보낼 수 있게."

 나는 잠시 고민하다 이번엔 아현의 번호를 눌렀다. 그래도 우리보다는 지민이에 대해서 더 잘 아는 아이기 아현일 테니까. 나는 분명 통화만 하려고 했는데…….

"얘들아!"

 아현이 헤헤 웃으며 카페 안으로 들어왔다. 아현의 옷은 여전히 지민이 골라 줬던 사복이었다. 내가 말없이 옷을 가리키자 멋쩍은 미소를 지은 아현이 대답했다.

"지민이가 옷 보는 안목이 있는 건 확실하더라고. 그래서 나한테 잘 어울리길래 옷 정도는 계속 그 아이의 조언을 믿어 보기로 했어."

"그래라. 옷이야 네 맘대로 입는 거지."

"근데, 나를 왜 불렀어?"

"우리가 부르진 않았어. 네가 왔지."

나와 아현이 서로를 흘겨보자, 수연이 중간에 껴서 분위기를 무마했다.

"학교 말고 이렇게 주말에 만나는 것도 좋은데 뭐!"

"수연이는 진짜 천사라니까! 나한테 궁금한 게 뭐야?"

수연이가 어색하게 아현의 어깨동무를 밀어내는 걸 나는 또 한 번 보았다. 내가 단도직입적으로 물었다.

"지민이랑 김기석이 친한 사이야?"

아현의 가는 눈썹이 위로 쑤욱 올라갔다. 깜짝 놀란 듯, 입도 살짝 벌어졌다.

"너희가 어떻게 걔네의 관계를 알아? 걔네 학교 안에서는 서로 아는 척 안 할 텐데……."

"아니, 우리도 몰라서 물어본 거야."

"아, 그래? 너희가 처음이거든. 둘이 친하냐고 묻는 게. 그만큼 티를 안 내잖아."

티 내지 않는 관계라는 말에 나와 수연의 고개를 갸웃했다. 대체 무슨 사이길래. 아현이 갑자기 나와 수연에게 모이라며 손짓했다. 아현이 원하는 대로 나와 수연이 상체를 끌어당겨 가까이 다가갔다. 아현은 그제야 마음이 놓인다는 듯 작게 말했다.

"나도 구체적으로는 모르지만, 그 둘은 돈으로 엮여 있어."

"돈?"

나의 놀란 목소리가 크게 흘러나오자, 아현이 화들짝 놀라 쉿 하고 내 입에 손가락을 갖다 댔다. 나도 말없이 고개를 끄덕였다.

"응, 지민이가 김기석한테 돈을 받거든. 지민이 맨날 명품 사고 그러잖아. 근데 지민이가 잘사는 집 딸이 아니거든. 나도 그 무리에 있을 때 알았어. 김기석한테 뭘 해서 돈을 받는지는 모르겠지만."

나와 수연이 동시에 머리를 부여잡았다. 뭔가 실마리들이 얽히고설킨다. 대놓고 물어볼 수 없는 상황들이 답답했다. 그렇게 마주 앉아 머리를 부여잡은 순간 갑자기 수연의 웃음이 터졌다.

"왜 그래?"

"네가 왜 그렇게 고민했는지 이제야 제대로 알 것 같아서."

수연의 그 말에 웃음이 터졌다. 내가 저렇게 머리를 붙잡고 있었겠구나. 짝궁이었던 수연의 입장에서는 얼마나 이상하게 보였을까. 사이에 있던 아현만 고개를 갸웃할 뿐이었다.

"너희들끼리만 웃지 마! 나도 같이 웃자고!"

비밀이라고 하자, 아현의 입이 댓 발 나왔다. 누군가의 미래, 그것도 나의 죽음을 바꿀 계획을 하면서도 이렇게 깔깔 웃고 있는 게 이상했다. 그 순간 나는 이상한 안도감에 휩싸였다. 커피가 맛있는지 없는지도 모를 그저 그런 동네 카페 안에서, 거의 처음으로 학교 밖에서 만난 친구들과 낄낄거리며 웃는 게 편안했다. 나의 삶이 고작 며칠밖에 안 남았다는데 왜 기분이 괜찮을까. 혼자 머리를 부여잡던 날들보다 나은 건 이 좁은 테이블 위에 같이 떠드는 아이들 때문일까, 아니면 정확히 알 수 없는 나의 죽음이 멀게 느껴져서일까. 아현의 투정 소리도 그저 귀엽게 들렸다. 어이없게도.

뾰로통한 얼굴로 시위하던 아현에게 부탁했다.

"너만이 할 수 있는 일이 있어. 우리 좀 도와줄래?"

아현이 그제야 입꼬리를 찢어져라 웃으며 말했다.

"당연하지! 뭐든지!"

"그럼, 지금 우리가 당장 지민이를 만나려면 어디서 만날 수 있을까?"

아현이 그걸 모르는 게 이상하다는 듯 나를 바라봤다.

"너희 혹시 잊고 있는 건 아니지?"

"뭘?"

"우리 내일모레 기말고사잖아. 기말고사 직전 주말에 어디 있겠어?"

"헐, 설마?"

*

아현이 데려간 곳은 동네 스터디 카페 앞이었다. 왜 예상하지 못했더라. 지민이가 당연히 공부할 거라고 생각하지 못했던 나의 편협함에 또 이마를 쳤다.

"여기 스터디 카페 다니는 걸로 알아. 그런데 어떻게 불러내게?"

"지민이 번호 좀 알려 줘 봐. 내 번호로 문자 하나만 보낼게."

나는 아현에게 받은 지민의 번호로 문자를 보냈다. '너랑 김기석의 관계를 알고 있어. 당장 스터디 카페 앞으로 나와.' 수연이 그 내용에 놀라서 문자를 다시 읽으며 당황했다.

"이렇게 단도직입적으로 보낸다고?"

"여기까지 와서 에둘러 말할 수는 없잖아."

수연에게만 들리게 살짝 속삭였다. 농담처럼.

"둘러 둘러 말하다가 내 인생이 끝나면 어떡해."

수연의 가는 눈썹이 들썩거렸다. 그게 농담이면 어떡하냐는 눈빛으로. 내 말이 끝나기가 무섭게 지민이 씩씩거리는 발걸음으로 스터디 카페 계단을 한달음에 내려왔다. 스터디 카페 앞에 서 있던 나를 보자마자 지민이 멱살을 부여잡고 물었다.

"뭐야? 문자 보낸 거 너야?"

"응!"

지민은 내 옆에 있는 수연과 아현도 흘깃 째려봤다. 특히나 아현을 볼 때는 헛웃음을 쳤다. 지민은 아현을 보고 물었다.

"네가 말했어?"

아현이 내 등 뒤에 숨었다. 내가 대답 대신 물었다.

"김기석한테 학교 애들 번호 넘겼어?"

"그게 뭐가 중요한데."

"그러면 돈 얼마나 받아?"

"이게!"

나에게 손을 뻗치는 지민의 손목을 꽉 잡았다. 내가 어디 가서 힘이라면 또 밀리지 않지. 엄마와 단둘이 살면 느는 건 힘뿐이었다. 전등 가는 건 물론이고, 쌀이든 물이든 힘쓰는 거에 일가견이 생길 수밖에. 지민의 손목을 꽉 잡고 물었다.

"돈을 얼마나 받는지 말 못 할 거면, 김기석이 그 번호 어디에 쓸 건지는 알아?"

지민이 입을 꽉 다물었다. 지민은 낑낑거리며 내 손아귀에 잡혀 있던 손목을 빼냈다.

"그게 진짜 무슨 상관인데!"

목소리를 높이며 꿀꺽 침을 삼키는 모양새를 보아하니, 지민이는 알고 있다.

"아는구나. 어디에 써먹을지. 그런데도 그 번호들을 줬어?"

"나도 알고 주진 않았어. 그냥 먼저 주고 물어봤을 뿐이야. 그걸로 대체 뭘 할 건지."

"그걸 먼저 물어봤어야지. 그리고 결정했어야지."

"어차피 내가 당할 일도 아니잖아! 너는 그걸 알아서 뭘 하게!"

자신이 당할 일이 아니라고 이렇게 내버려두다니. 문득 학원가로 향하던 버스 안에서 마주친 해진의 검은 눈동자를 떠올렸다. 그때 나는 해진의 눈을 피했다. 전학 첫날 수돗가에서도 홀딱 젖은 그 아이를 두고 도망쳤다. 그러니 오늘까지 나나 지민이나 별반 다를 것 없던 거다. 내 죽음과 관련되지 않았다면 나 역시 이 일을 이렇게까지 붙들고 있진 않았을 테니까. 수연이가 '그래도 이건 너무 심하잖아' 하고 내게 말하지 않았다면, 내 죽음이 걸려 있지 않았다면,

나 역시 지민이처럼 굴었겠지. 어차피 내가 당할 일도 아니라고. 그러니까, 그래서 지민이에게 더 화가 났다. 바보처럼 구는 게 딱 비겁한 내 모습 같아서.

"내가 정의의 사도까지는 아니더라도, 벌어질 일은 좀 막고 싶어서 그래! 지금 시간 없으니까 빨리 말해 봐. 김기석 그 자식은 그런 걸 대체 언제 어디서 한대?"

지민이 머뭇거렸다. 눈치를 보는 듯한 표정, 불안한 듯 손톱 끝을 뜯었다. 나는 지민의 손을 확 붙들었다.

"더 후회할 일 만들지 마. 이전까지는 넘어갈 수 있었어도, 이번 건 아니잖아. 비겁하지 말자! 응? 네가 말해 줬다는 거 비밀로 할게. 네가 김기석이랑 어떤 거래를 했는지도 말하지 않을게."

지민이 꾸욱 입에 힘을 주다가 한숨을 푹 쉬었다.

"내일 한다고 했어. 나도 그런 일을 할 줄은 몰랐다고. 나도 걔한테 학교에 돌아다니는 소문 같은 거 전달하는 게 다야. 진짜 한 번도 걔가 하는 짓에 엮인 적 없어."

"내일 어디?"

"학교 뒷산 쪽에 있는 버려진 창고. 거기가 걔네 아지트거든."

"걔네? 김기석 무리가 같이 오는 거야?"

"아니, 김기석이랑 서해진, 단둘이만 만나."

지민은 꼭 자신이 말한 건 비밀로 해 달라고 신신당부했다. 그러고는 다시 스터디 카페 안으로 들어갔다. 우리의 대화를 모두 들은 아현은 대체 버려진 창고에서 무슨 일이 생기는 거냐고 물었다.

"아무 일도."

"응?"

"아무 일도 일어나지 않을 거야. 그렇게 만들 거니까."

아현은 이해할 수 없다는 듯한 표정으로 날 바라봤다. 나는 옆에 있던 수연과 눈빛을 교환했다. 수연은 서둘러 같은 동네에 사는 아현을 데리고 돌아갔다. 아현은 계속 수연에게 대체 무슨 일이 있는 거냐고 묻는 듯했지만, 수연은 그저 고개를 저을 뿐이었다. 나는 멀어져 가는 둘의 뒷모습을 바라보다 홀로 집으로 돌아왔다. 그때, 수연에게 메시지가 왔다.

- 아현이한테는 잘 둘러댔어. 우리 내일 몇 시에 만날까?

나는 밤 9시가 되길 기다리며, 태블릿 속에서 이전에 적은 6월 23일 자 일기를 다시 봤다. 그 일기장 속에는 그저 기말고사 공부에 고통받는 내가 있었다. 이제 내일 그 버려진 창고로 가기로 결심한 나는 어떤 일기를 마주하게 될까?

오늘의 날짜 : 6월 23일 일요일 / 오늘의 날씨 : 끔찍한 소나기

점심쯤 버려진 창고로 갔다. 이미 기석은 해진과 함께 그곳에 있었다. 현장은 발견했지만, 일은 벌어지고 난 뒤였다.

미래가 바뀌었다. 바뀐 결말에 더 가까이 가고 있었다. 나는 수연에게 답장했다.
'내일 아침 7시 정문에서 만나!'

*
*

이제 내가 죽기 전 마지막 일요일이었다.
정문 앞에서 만난 나와 수연은 둘 다 학교 체육복으로 무장한 채였다. 잔뜩 더러워져도 되는 몸가짐으로 왔다는 증거였다. 수연은 한 손엔 양동이, 또 다른 한 손엔 캠코더를 들고 왔다. 나는 야구 방망이와 배구공을 챙겨 왔다. 서로의 모습에 어이없어 웃었지만, 그래도 혼자가 아니라는 것이 힘이 됐다.
"내일 기말고사인데 이러고 있어도 괜찮겠어?"
"나 걱정해 주는 거야?"
수연이 챙겨 온 볼캡을 꾸욱 눌러쓰며 말했다.

"이미 기말고사 범위까지 다 공부했다고 하면, 재수 없어 하려나?"

수연이 발랄한 걸음으로 정문 안으로 들어갔다. 아, 이번에도 붉은 비가 내리는 건 내 시험지뿐이겠구나. 나는 한숨을 쉬며 수연의 뒤를 따라갔다.

수연의 안내로 도착한 '버려진 창고'는 말 그대로 쓰레기장 그 자체였다. 그렇지만, 곳곳에 'director_kim' 계정으로 올라온 사진들의 배경을 찾아볼 수 있었다. 먼지가 잔뜩 껴 있는 제대로 관리되지 않은 공간. 그래서 우리가 숨기엔 딱 좋았다. 나와 수연은 한쪽에 버려진 책상들을 끌어와 바리케이드처럼 쌓아서 몸을 숨겼다. 뭔가 큰 미션을 하는 것 같은 스릴감도 잠시, 숨어 있는 게 얼마나 쉬운 일이 아닌지를 새삼 깨달았다.

"아우, 다리 저려……."

"나는 졸려……."

이른 아침부터 모인 우리의 강한 의지와 달리 떨어지는 고개에 나와 수연은 서로에게 기대 잠들었다. 꿈속에서 나는 야구 방망이를 휘저으며 노련하게 김기석을 응징하고 있었다.

끼익. 창고 철문이 열리는 소리와 함께 나와 수연은 잠에 깨어났다. 그토록 기다리던 기석과 해진이 창고 안으로 들어오고 있었다. 깜짝 놀라 움직이던 나의 손끝에 정체를 알 수 없는 무언가가 닿았다. 그 작은 움직임에 무언가가 쌓아둔 책상 아래로 떨어지며 커다란 소리를 냈다. 아마도 버려진 보면대 같은 거였을 텐데, 허술하기 짝이 없다.

"뭐지?"

기석의 의아한 목소리에 나는 제발 신경 쓰지 말라고 속으로 외치고 있었다. 제발! 꿈속에서 야구 방망이를 능수능란하게 휘두르던 건 모두 허상이었다. 해진이 뒤이어 말했다. 제대로 처음 듣는 해진의 목소리였다. 생각했던 것보다 낮고 울림이 있는 목소리였다.

"쥐인가."

나와 마주 보고 있던 수연은 쥐가 있다는 말에 더 소름이 끼친 표정이었다.

"아, 그런가."

기석이 쇠막대기 같은 걸로 쥐를 쫓는 듯 창고 벽을 마구 쳤다. 거대한 소음이 귓전을 울렸다. 책상 뒤에 숨어서 그들을 바라보고 있는데, 문득 해진과 눈이 마주친 것 같았다.

"자, 이제 시작할까?"

기석의 장난기 넘치는 목소리가 버려진 창고를 꽉 채웠다. 그 말에 해진은 무력한 걸음으로 걸어와 창고 중심에 섰다. 기석은 메고 있던 기다란 가방 속에 있던 삼각대를 펼쳤다. 아주 자연스러워 보였다. 그리고 11시가 넘어가는 순간부터 전기가 들어오지 않던 창고의 천장을 통해 햇살이 들어와 창고 안이 조금씩 밝아지기 시작했다. 이 시간을 고른 건 이것 때문이었던 모양이었다.

해진은 삼각대에 둘러싸여 가만히 서 있었다. 기석이 큰 소리로 외쳤다.

"오늘 콘셉트 알려 줬잖아. 빨리 제대로 해. 안 하면 어떻게 되는지 알지?"

책상 뒤에 숨어 바라본 해진은 주먹을 꽉 쥐고 있었다. 그저 힘만 꾸욱 쥐었다. 내 옆에서 캠코더를 들고 현장을 촬영하고 있던 수연의 손에도 힘이 들어갔다. 장난이 아닌 협박에 의한 일이었다는 것을 위한 증거를 모으기 위함이었다. 촬영을 시작하자, 캠코더를 든 수연의 손이 거세게 흔들렸다. 내가 캠코더를 들고 있던 수연의 손을 붙잡았다. 그제야 흔들리던 캠코더가 멈췄다. 수연이 힐긋 나를 보았다. 수연의 눈이 유독 붉어지고 있었다. 그렇지, 이런 건 보기만 해도 괴로운 일이었다.

해진이 계속 머뭇거리자, 기석은 세워뒀던 삼각대 하나를 들어 해진의 등을 가격했다. 그 때문에 해진은 앞으로 넘어졌다. 해진이 무릎을 꿇은 채, 기석의 일방적인 구타가 시작됐다. 기석은 해진의 옷을 억지로 찢어 버릴 태세였다. 이

건 친한 친구들끼리의 장난이라고 보기 어려웠다. 장난이라면서 한쪽은 즐기며 웃고 있고, 한쪽은 간신히 참아 내는 듯했으니까. 보고 있던 수연의 안색이 급속도로 새하얘지고 있었다. 내가 수연의 등을 토닥였다. 진짜로 이 상황을 끝내야 했다. 아직 아무 일도 벌어지기 전에.

"그만해."

챙겨 온 배구공으로 기석의 머리를 정확하게 때렸다. 나도 체육 수행 평가는 항상 상위권이었다.

"뭐야?"

갑작스럽게 튀어나온 내 목소리에 기석이 뒤돌아 나를 바라봤다. 해진은 기석의 일방적인 구타에 축 늘어진 채, 머리를 바닥에 대고 있었다. 해진이 구겨진 몸으로 나를 돌아봤다.

"그만하라고."

"네가 뭔데?"

저항, 그다음에는 힘을 가하는 억압이 돌아오기 마련이다. 비웃던 기석이 달려와 순식간에 나의 목을 거세게 붙잡았다. 금방이라도 숨을 끊어 놓을 것 같은 손아귀 힘. 기석은 나보다 15센티미터는 컸다. 거센 손이 나를 억압했다.

"그만하기 싫은데? 내가 왜 너 따위의 말을 들어야 해?"

내가 컥컥대며 간신히 숨을 쉬려고 애쓸 때였다. 출렁,

수연은 삼각대에 설치된 카메라들을 물이 가득 담긴 양동이에 박아 넣었다. 그러고는 주저 없이 카메라들을 하나하나 꺼내서 바닥을 향해 내리치며 부수고 있었다. 마구 소리치면서. 값비싼 카메라를 부수는 수연은 울고 있었다. 정확히 그 이유를 알 수는 없었지만, 그 순간 수연은 꽤나 위태로워 보였다. 수연이 카메라를 부수는 소리에 뒤를 돌아본 기석이 그쪽으로 달려갈 때였다.

그래, 바로 지금. 나는 들고 온 야구 방망이로 기석의 오른쪽 어깨를 온 힘을 다해 가격했다. 꿈속에서와 가장 다른 점이라면 내려친 나의 손아귀가 저릿할 정도로 아프다는 거였다. 창고 구석에서 수연의 캠코더가 돌아가는 소리가 들렸다. 나는 발 아래에 붙은 테이프를 확인했다. 그래, 여기였다면 앞서 애가 내 목을 조르는 장면이 찍혔을 거다. 이 정도면 정당방위겠지. 야구 방망이에 어깨를 맞은 기석이 다시 나에게 달려들었다. 거기까지는 예상했지만, 그런 기석의 뒤로 수연도 달려들 거라고는 생각하지 못했다. 나와 수연, 기석의 형태를 알 수 없는 몸싸움이 이어졌다. 한마디로 개싸움.

기석은 등 뒤에 매달려 있던 수연을 먼저 떨궈 버렸다. 수연은 기석의 팔꿈치에 턱을 맞은 듯, 머리를 붙잡고 쓰러졌다. 나의 유일한 무기인 야구 방망이는 땅에 떨어진 지 오래였다. 기석의 주먹이 연이어 나의 배에 부딪치는 동안, 나는 주짓수를 배울걸, 하며 후회했다. 그래도 수연보단 내가 몸 쓰는 게 나았다. 창고 안에서 손에 잡히는 것들을 들고 기석의 머리를 향해 가격했다. 닿는 것도 있었고, 닿지 않는 것도 있었다. 그중에 가장 쓸모가 있던 건 아까 떨어뜨린 보면대였다. 나는 보면대로 기석의 옆구리를 때렸다. 나와 기석이 얽혀 싸울 때, 수연은 땅에 떨어진 야구 방망이를 들고 창고 문으로 달려들었다.

꽝! 꽝! 꽝!

철을 때리는 거친 소리가 이어졌다. 뒤이어 경찰들이 버려진 창고로 들이닥쳤다. 몇 분 전, 나와 수연이 미리 신고해 둔 덕분이었다. 나는 명백한 피해자가 되었다. 기석은 현행범이 될 것이다.

그 소란이 나는 중에도 해진은 가만히 그 자리에 앉아 있었다. 그저 가만히 머리를 땅에 박은 채로.

*

생애 처음 와 보는 경찰서였다. 나와 수연은 뭐든 신기하게 바라봤다. 그렇지만 나와 수연의 기대와 달리 경찰서에서 나온 결론이라면 나와 기석의 다툼은 쌍방 폭행이라고 했다. 내가 모르는 사이 보면대가 스쳐 기석의 이마에 생긴 상처와 내 목에 졸린 손자국이 다를 바 없다나 뭐라나. 경찰 아저씨는 내가 들고 나간 야구 방망이를 보고 물었다.

"왜 야구 방망이를 챙겨 갔어?"

"운동하려고요. 의도한 건 절대 아니었어요."

"배구공은?"

"자세만 연습하러 갔는데요?"

기석은 잔뜩 억울하다는 듯, 다 망가진 자신의 카메라에 대해 한탄했다. 그게 얼마짜리인지 아냐면서. 수연은 그에 대해 '실수'라고 했다.

"야! 김수연! 너도 보는 거랑 다르다. 너도 진짜 가만 안 둬!"

"경찰 아저씨 얘가 수연이 협박해요! 협박죄 추가해 주세요!"

경찰 아저씨들은 그냥 한심한 고등학생들을 보듯 우리를 쳐다봤다. 그렇게 경찰 아저씨에게 외치는 나의 목소리는 무시된 듯했지만, 나와 수연을 바라보는 기석의 눈빛은 더욱 매서워졌다. 그 와중에도 해진은 경찰 아저씨의 질문에도 모르쇠로 일관하고 있었다. 그렇게 몇 장의 서류를 적고 나서, 경찰서로 가장 먼저 도착한 수연의 엄마는 화들짝 놀란 모습으로 수연을 데려갔다.

"내일 학교에서 봐."

그다음 타자는 놀랍게도 기석이었다. 집안의 변호사라는 대리인이 경찰서에 찾아왔다. 엄마는 이제 사무실을 나왔다며 가는 중이라고 문자를 보내왔다. 이제 경찰서에는 나와 해진 단둘뿐이었다. 해진은 끝까지 아무 말이 없었다. 지독한 놈. 그래도 도와줬는데 고맙다는 말 한마디가 없네.

"왜 그랬어?"

갑자기 해진이 나에게 낮게 잠긴 목소리로 물었다.

"뭐?"

"왜 그랬냐고. 왜 남의 일에 끼어들어서 일을 개판으로 만들어?"

드디어 마주 본 해진의 눈동자에 비친 건 분명한 분노의 눈빛이었다.

"네가 나한테 이러면 안 되지."

"내가 원한 거라면?"

"진짜 네가 원한 게 맞아? 그냥 그렇게 생각하고 싶은 거잖아. 장난이라고 덮는 거잖아. 정신 차려. 이 세상에 당해도 되는 사람은 없어."

아현에게 했던 수연의 말을 곱씹으며 내뱉었다. 이유 없는 따돌림에도 가만히 있었던 나에게 하는 말이기도 했다. '장난이었는데, 그걸 진짜로 받아들였어? 미안해' '계속 미술실에서 기다리고 있을 줄은 몰랐어' 같은 감정 없는 사과에도 '장난이었구나' 하며 웃었던 나에게 해 주는 말. 그때 경찰서 문을 열고 들어온 건 기다리던 엄마가 아니라 담임 선생님이었다. 해진의 고개가 아래로 푹 떨어졌다. 슬쩍 보이는 해진의 귀가 붉었다.

해진의 이야기

익숙해졌던 것 같다. 나에게 가해지는 폭력들에 대해서. 나는 나를 팔아 생활비를 벌었다. 나는 보호받지 못하는 게 당연했으니까. 언제부터 혼자 살았더라. 어릴 적 버려졌다고 했다. 그래서 할머니는 맨날 애를 낳고 도망친 엄마를 욕했다. 할머니가 돌아가신 후로 이름도 모를 친척 집을 전전했다. 그게 여덟 살 남짓이었다. 나는 어디든 환영받지 못하는 아이 그 이상도 그 이하도 아니었다. 그러니까 내가 어떻게 되어도 그 누구도 나를 걱정하지 않았다. 그게 내가 사는 세상이었다.

한창 어릴 때에는 누군가에게 도와 달라고 외쳤던 것 같다. 그래서 도움을 주러 온 어른들이 실제로 몇몇 있었다. 그렇지만 오래 가지 못했다. 어떨 때는 일주일, 어떨 때는 몇 개월, 그들의 시야 속에 다른 아이들이 들어온 후엔 나는 또 배제되었다. 온정의 유통 기한은 점점 짧아졌다. 어차피 내 말을 들어 줄 사람은 없었다. 그러니 나는 나를 팔아 살아야 했다. 나는 돈이 필요했고, 기석은 마음껏 부려도 탈 나지 않을 장난감이 필요했다.

'장난'이라는 이름으로 나는 그 대상이 되어 주었다. 기석은 자신이 시키는 것만 잘하면 돈을 주겠다고 했다. 기석이 주는 돈이면 내가 혼자 사는 반지하방의 월세를 내기에는 충분했다. 고등학생이 된 후로 전전하던 친척 집에서도 쫓겨났을 때였다. 그들은 내가 부담스럽다고 했다. 존재 자체가 싫다고. 밥도 적게 먹고, 소리도 안 내고, 어깨를 좁혀 가며 크기도 줄여 봤는데, 그들에게 나는 너무나도 커다란 존재였다.

나는 기석의 돈이 필요했다. 내가 장난감이 되어도 상관없었다. 나는 맞아 주는 사람이면 되니까. 학교에서도 나는 그냥 맞는 사람, 괴롭힘당하는 사람, 그냥 그런 애, 기석이의 장난감 정도. 나는 원래 그런 존재니까.

2학년이 되어 새로 마주한 담임 선생님은 나에게 도움을 주겠다고 했다. 당신의 온정은 언제까지일 거냐고 되묻고 싶었다. 하지만 내가 할 수 있는 말은 정해져 있었.

"이거 다 장난이에요."

어느 날, 기석은 떨어지는 화분의 위력을 알아보겠다고

했다. 나는 기석이 시키는 대로 정해진 위치에 서서 머리 위로 떨어질 화분을 기다렸다. 그때였다. 전학생이 나를 밀어서 화분을 피하게 만들었다. 전학생은 나에게 괜찮냐고 물었다. 그 질문에 나는 전학생을 한껏 째려볼 수밖에 없었다. 화분을 맞았다면 두 달치 월세를 낼 수 있었는데. 괜한 오지랖, 끝까지 책임지지도 못할 그런 나쁜 오지랖이었다. 이미 한 번 지나쳐 놓고, 수돗가에서 그냥 나를 두고 가 놓고, 뒷문 앞에 앉은 나를 제대로 쳐다보지도 않아 놓고, 굳이 나를 밀쳤다. 내가 감히 용기 내지 못했던 걸 대신 해 주었다. 한 발자국만 움직이면 되었던 그 일을, 내가 머뭇거리던 그 일을 대신 해 줬지만, 고맙다는 말조차 할 수 없었다. 도망치는 일조차 누군가에게 등 떠밀려 하게 된 내가 싫어서.

그래서 전학생과는 더 거리를 뒀다. 학교에서도 마주칠 일이 없었는데, 학생들로 가득한 버스 안에서 우연히 마주쳤다. 전학생이 먼저 시선을 돌렸지만, 분명 그 눈빛 속에는 죄책감이 있었다. 동정도, 연민도, 안도감도 아닌 죄책감의 시선이었다. 왜 굳이 그런 눈빛으로 나를 보지. 나는 어차피 이렇게 태어났는데.

오늘도 내가 도움을 요청한 적 없지만 굳이 찾아와서 소란을 피웠다. 전학생과 수연이라는 아이가 함께였다. 전학생이 야구 방망이를 들고 기석을 때리고, 수연이 기석의 오랜 애장품들을 물에 빠뜨릴 때 나는 그저 가만히 있었다. 저 소란이 끝나고 나면 또 반복될 기석의 명령에 복종해야 할 테니까. 그저 나는 가만히 있었다. '가만히 있음'으로써 기석에게 동조했다.

그런데 아프다. 오늘은 평소보다 덜 맞았는데, 살갗이 시렸다. 볼이 얼얼했다. 발가벗겨지지도 않았는데 부끄러웠다. 카운터펀치는 전학생의 입에서 흘러나왔다.

"정신 차려. 이 세상에 당해도 되는 사람은 없어."

보호자가 없는 나에게 달려온 건 담임 선생님이었다. 경찰서를 나서며 담임 선생님이 나의 어깨를 붙들었다.

"나는 선생으로서 학생을 보호할 의무가 있어. 그리고 넌 학생으로서 선생님에게 도움을 요청할 권리가 있고. 오늘 내가 널 보호할 기회를 줘서 고맙다."

집에 돌아온 후 기석에게 맞았던 어느 날보다 눈물이 났다. 빈집이 유독 차게 느껴져서, 오늘 느낀 온기가 그리워져서.

"이게 대체 무슨 일이라니?"

엄마는 경찰서에 혼자 앉아 있는 나를 보고는 뒷목을

붙잡았다.

"늦게 와서 너무 미안하다. 오늘 네가 시험공부하러 간다길래 사무실에서 일 좀 하겠다고 갔다가 늦었어. 미안해."

"뭐가 미안해. 내가 이런 데까지 불러서 미안."

"안 다쳤어?"

"좀 맞긴 했는데, 멍드는 정도가 아닐까 싶은데?"

"병원은?"

"괜찮아. 집에 가서 파스만 붙여 줘."

하아. 엄마는 안도의 한숨을 쉬더니, 몇 개의 부족한 서류를 요청하고는 경찰서를 빠져나왔다. 엄마의 차에 올라타니 몸이 노곤해졌다. 새벽부터 잔뜩 긴장한 탓이었다.

"대체 어떻게 된 일이야?"

구체적으로 말하자면 너무 기나긴 이야기가 될 터였다. 처음 당해 본 구타에 온몸은 저릿했고 몰려오는 피로에 그저 간단하게 말하기로 했다.

"우리 반에 학폭 피해자가 있었는데, 여태 내가 모른 척했어. 이번에는 못 참겠다 싶어서 나섰고. 그런데 그 애는 내 도움을 원하지 않았나 봐. 고맙다는 말도 못 들었어."

이후로 엄마는 한참을 아무 말 없이 운전만 했다. 나 역시 눈을 꾹 감은 채 엄마의 대답을 듣기보다 얼른 집에 도착하길 바랐다. 내일 등교는 할 수 있겠지. 온몸이 욱씬거렸다. 차가 집 앞에 멈춰 서고, 안전벨트를 풀었을 때였다. 엄마가 나를 꽉 안았다.

"잘했어. 칭찬해 주고 싶은 걸 참느라 혼났네."

엄마 품에 안겨 생각했다. 제발, 오늘 바꾼 미래가 나의 결말도 바꿔 주기를. 그러나 기대가 무색하게도 다음 날 일기장에는 여전히 아무것도 적히지 않았다.

오늘의 날짜 : 6월 28일 금요일 / 오늘의 날씨 :

나는 일기장을 침대 위로 던져 버렸다. 대체 내가 뭘 더 해야 하는 건데!

8장

그날

"다행이다, 진짜!"

수연은 기쁜 마음으로 날 안아 줬다. 기말고사는 예정대로 시작되었고, 나는 여전히 바뀌지 않은 미래에 대해 수연에게 털어놓지 않았다. 내가 죽을 수 있다는 결말의 무게를 수연에게까지 나눌 필요는 없었다. 원래 나와 함께 자습을 하던 수연은 사정이 생겼다며 집으로 빠르게 돌아갔다. 나도 수연을 붙잡지 않았다. 바삐 교실을 나가던 수연에게 밝게 인사하고는 자습실에서 멍하니 혼자 자리만 지켰다. 어디로 가야 할지도 모르는 막막한 마음이 들었다.

죽기 전엔 뭘 해야 하지. 어떤 걸 하고 싶었더라. 아니, 제대로 생각해 본 적 없는 고민에는 답이 없었다. 엄마는 벌써부터 주말에 갈 여행지를 탐색하고 있었다. 내가 시험을 얼마나 망쳤는지는 중요하지 않은, 쿨하디 쿨한 우리 엄마.

"1박 2일이래도 바다가 보이는 데가 좋지? 동해를 다녀

올까? 아니면 가까운 서해?"

"난 동해가 좋아."

"그래, 그럼 동해로 가자."

엄마에게는 아무 말도 할 수가 없었다. 그저 집에 돌아와 방에 앉아 내가 하는 일이라고는 엄마를 위한 유서를 쓰는 일이었다. 엄마에게 지나간 나의 잘못들을 하나하나 사과했다. 그리고 엄마가 나의 엄마여서 다행이었다고, 고맙다고. 한 번도 엄마의 딸이었던 것을 후회해 본 적이 없다고. 구구절절한 유서를 쓰며 눈물을 흘리고는 통통 부은 눈으로 학교에 가길 반복했다. 시험지의 내용은 당연히 머릿속에 들어오지 않았다. 이제 하루 뒤면 죽는다는데, 이렇게 시험지 앞에 앉아 있는 것만으로도 나는 내 몫을 충분히 하고 있었다. 내가 점점 부은 눈으로 학교에 갈 때마다 오히려 수연과 말을 할 수가 없었다. 수연이 나에게 다가와 말을 걸려고 할 때마다 내가 자리를 피했다. 내가 미리 죽음을 알려준 유일한 사람, 착한 수연은 죄책감을 느낄 수도 있다. 그래, 여기까지.

*

기말고사의 마지막 날이자, 내가 일기장에 내가 죽는 날을 적어 볼 수 있는 마지막 날이었다. 시험이 다 끝난 후, 나는 그제야 수연에게 다가갔다. 마지막 인사가 될지도 몰랐다. 내가 내일 몇 시에 죽게 될지는 알 수 없었으니까. 그러나 이번엔 수연이 잔뜩 미안한 표정을 하고 답했다.

"내가 사정이 있어서, 오늘은 빨리 가 봐야 해. 내일 보자!"

수연의 목소리가 진지해서 나는 그저 고개를 끄덕였다.

"그래, 내일 보자!"

6월 27일 밤 9시, 내가 죽기까지 단 하루 전이다. 나는 방에 홀로 들어가 진짜 마지막으로 남은 기회에 간절한 마음을 담아 일기장에 날짜를 적었다.

오늘의 날짜 : 6월 28일 금요일 / 오늘의 날씨 :

1, 2, 3, ……, 30! 끝내 일기장에 새로 적히는 내용은 없었다. 이제는 정말 마지막 계획만이 남았다. 그래, 학교 옥상에 가지 말자. 아니 학교도 가지 말고 집에만 있자! 어차피 기말고사도 끝났고 학교에 가 봐야 거의 전교 꼴등인 성적만 확인하게 될 텐데. 게다가 그날이 내가 죽는 날이라면 굳이 나갈 필요가 없지 않은가. 학교에 없다면 괜찮은 게 아닐까.

그런 나의 계획은 내가 죽을지도 모르는 아침, 쏟아지는 엄마의 불호령에 끝장나고 말았다.

"학교를 안 가는 건 안 돼. 지금 꾀병 부리는 거야?"

"아니, 머리가 아픈 것 같아서 그래."

"지금 기말고사 정답 체크하는 날이라 그런 거 아니고?"

"진짜 아니야. 무리했나 봐."

"너 열도 없어!"

"미열이라서 그래, 그래서 체온계에 안 잡히는 거야."

"그래도 안 돼. 피곤하면 학교 앞까지 데려다줄게."

쿨하디 쿨한 우리 엄마가 가장 신경 쓰는 것이 있었으니, 그것이 바로 출석이었다. 낑낑거리며 온갖 말들로 설득해 봤지만, 나는 엄마의 차를 타고 정문 앞에서 내릴 수밖에 없었다. 학교 정문 앞 엄마의 차에서 내려 엄마가 가는 모습을 한참 바라봤다. 사랑하는 엄마, 이 불효녀는 또 엄마의 말을 듣지 않습니다. 엄마의 차가 보이지 않을 만큼 사라졌을 때, 나는 학교 정문 안이 아니라 밖으로 뛰었다. 등 뒤에서 나를 부르는 담임 선생님의 목소리가 들려 왔지만 무시하고 달렸다. 출석보다도 중요한 내 삶의 결말을 바꾸는 일이었으니까.

"예윤아!"

멀리서 담임 선생님의 공허한 외침이 울려 퍼졌다.

*

내가 달려간 곳은 학교 근처에 있는 놀이터였다. 돈 없이 시간을 죽이기에 딱 좋은 곳. 오늘 하루만 잘 보내면 내 삶은 달라진다. 어쩌면 내일이 올 수도 있었다. 미래를 보는 그 일기가 틀릴 수도 있잖아.

오랜만에 그네에 앉아 눈을 감았다. 삐걱거리는 그네 소리, 맑은 하늘 아래 내리쬐는 햇살, 조용히 부는 바람, 차가 천천히 이동하는 소리, 산책하는 동네 주민들의 말소리, 멀리서 울리는 학교 종소리, 평화로웠다. 아무도 나를 모르고, 의식하지 않으며, 나조차도 나를 신경 쓰지 않게 되는 듯했다. 그네 위에서 다리를 살짝 굴렀다. 그네가 흔들거렸다. 흔들거리는 그네, 내 눈꺼풀 위로 너울지는 나뭇잎의 그림자. 아, 이 순간은 분명 내가 겪었던 기억이었다. 언제였더라. 그래, 엄마가 이혼을 앞두고 소송 때문에 나를 잠시 할아버지 댁에 맡긴 지 얼마 안 됐을 때였다.

나는 목격자였다. 그날따라 이른 하교를 하고 돌아가던 집 앞에서 아빠는 낯선 여자와 함께였다. 그날 아빠가 나를 보고 놀라 이름을 부를 때에서야, 어린 나는 아빠가 한 짓이 나쁜 일임을 알았다. 아빠의 표정이 그렇게 말해 주고 있었다. 그렇게 시작된 이혼 소송에 엄마는 어린 나를 증인으로 세우고 싶어 하지 않았다. 그래서 더욱 돌고 돌아 아빠의 외도를 증명해야만 했다. 혼자 싸우기 위해 나를 할아버지 댁에 맡겨 둔 거였다. 그렇게 처음 온 할아버지 댁에서 멀뚱히 손가락만 갖고 놀고 있던 나를 할아버지가 놀이터로 데리고 갔다. 할아버지와의 산책 시간이었다. 그네를 밀어 주셨던 그날, 할아버지는 말씀하셨다.

"놀이터 바닥이 마음에 안 들어. 이 우레탄 바닥 아래에 깔려 있을 흙이 얼마나 답답하겠어. 애들이 놀다 보면 다칠 수도 있는 거지. 이렇게 꽁꽁 싸매만 두면 어쩌려고 그러나."

"엄마는 늘 다치지 말라고 했는데요."

"어떻게 안 다치고 살 수 있겠어? 살다 보면 무릎도 까지고, 피도 나고, 튼튼한 줄 알았던 뼈도 부러지고, 온 평생 마음을 바쳐 왔던 것도 한순간에 잃기도 해."

"그게 무슨 말이에요?"

나는 고개를 크게 저었다. 항상 할아버지의 말은 너무 어려웠다.

"다치지 않는 삶은 없다는 뜻이지. 사람은 늘 다치기 마련이야. 아픈 게 당연해. 아프다는 건 잘 살고 있다는 거야. 잘 크고 있는 거라고."

"할아버지, 아프면 병원을 가야죠."

"아가야, 그러니까 아프면 병원도 가고, 붕대도 감고, 피도 닦아 내고. 그렇게 나를 도닥이며 사는 거란다. 이렇게 모래밭을 덮어 아예 다치지 않게 할 게 아니라, 다치게 두는 것도 방법이야. 다쳐도 괜찮다는 걸 알려 줘야지. 지나고 나면 상처도 아문다고 말이다."

"그럼 할아버지 상처는 다 아물었어요?"

내 질문에 할아버지가 허허허 웃었다.

"똑똑한 놈. 할아비는 늙어서 좀 느려. 그래서 낫길 기다리는 중이란다."

그날의 말이 문득 떠올랐다. 울컥 눈물이 쏟아졌다. 내 삶의 마지막 날이 될지도 모르는 오늘, 할아버지를 떠올리며 뒤늦게 울다니 바보 같았다. 장례식장에서는 별로 울지도 않았던 내가 할아버지의 영정 사진도 없는 텅 빈 놀이터에서 그네를 타며 울었다. 뒤늦게야 이해되는 마음이 있었다. 할아버지가 강도에게 몽땅 잃었다던 평생의 보석들은 어떤 의미였을까. 그것이 할아버지의 전부였을까. 한 번도 이해하려 들지 않았던 감정이었다. 감정에 생긴 시차가 뒤늦게 몰려왔다. 할아버지가 자신과 똑같은 이유로 이혼한 엄마에게 모질게 화를 내며 연을 끊자고 말했던 것도 시차 때문이리라. 감정의 시차가 다르면 이렇게나 뒤늦게 깨닫는 것들이 있었다.

하, 한바탕 울고 나니 기분은 한결 좋아졌다. 그래, 미래는 바뀔 거다.

*

띠링.

점심시간이었다. 아현에게 갑자기 연락이 왔다.

'뭐야, 너도 수연이도 오늘 왜 학교 안 왔어?'

아현의 문자를 보자마자 나는 그네에서 벌떡 일어났다. 대체 무슨 일인가? 나는 학교가 아니라, 수연이 사는 아파트로 달려갔다. 어디가 아픈가? 분명 어제까지만 해도 괜찮아 보였는데? 아니 진짜 괜찮아 보였던 것뿐인가! 사정이 생겨서 집으로 얼른 가겠다고 했던 수연의 표정이 어땠더라. 기억이 잘 나지 않았다. 날 걱정하느라 수연을 살필 새가 없었다. 수연의 아파트로 향하는 내내 수연에게 전화했지만, 수연은 전화를 받지 않았다. 갑작스레 불안한 느낌이 들었다. 설마 아니겠지. 너는 그런 선택을 할 이유가 없잖아. 너는 아니겠지. 네가 도대체 왜?

언젠가 수연이 말했던 것처럼 나는 꽤 느낌이 잘 들어맞는 사람이었나 보다.

수연의 아파트 근처에 기석이 서 있었다. 서화고 교복을 입은 무리들과 함께였다. 분명 나를 알아볼 애들이었다. 나도 아는 얼굴들이었다. 한참 달리던 발이 순간 꽁꽁 묶였다. 과거의 기억에 묶인 나를 알아보고 먼저 다가온 건 기석이었다.

"야, 너는 왕따였다며. 끼리끼리 붙어 다녔네?"

"그게 무슨 말이야?"

끼리끼리라니? 기석이 자신의 휴대폰 화면을 보여 줬다. 화면 속엔 수연이 옷을 갈아입는 영상이 재생되고 있다. 이게 무슨.

"서화고에서 꽤 유명한 일이었다던데, 모르고 지나갈 뻔했네. 고맙다. 덕분에 재밌는 사실을 알게 됐으니까. 얼마나 재밌냐. 그렇게 아무것도 모른다는 듯 순진한 표정을 하고 있어서 이런 애인지는 몰랐네."

기석의 뒤에 서서 낄낄거리는 서화고 무리 중 한 명의 얼굴을 보자 나는 그 사건을 떠올릴 수 있었다. 작년 초의 일이었다.

수연의 이야기

나는 정말 아무 잘못이 없다. 그냥 체육복으로 옷을 갈아입었을 뿐이었다. 근데, 그 영상을 촬영한 그 애보다 내 이름이 교내에 더 빠르게 퍼졌다. 무서웠다. 나는 모르는 누군가가 내 영상을, 나의 몸을 봤다는 사실이. 선생님들은 그 일을 조용히 처리하길 바랐다. 교내에서 벌어진 불법 촬영이었음에도 학교 밖으로 이야기가 새어 나갈까 쉬쉬했다. 내게는 금방 잊힌다고 했지만, 시간이 지나도 영상은 남았다. 영상을 촬영했던 그 애는 언젠가부터 관심 밖이었다. 그냥 '그 영상 속 애는 몇 반 누구래?'라는 질문만 이어질 뿐이었다. 아무도 영상을 찍은 애는 궁금해하지 않았다. 몇몇은 그냥 서로 합의하고 찍은 연출 영상이라고 했다. 각도만 봐도 연출된 거라고. 나는 어떠한 해명도 하지 못했다. 시간이 지나면 관심이 사라진다고 했으니까. 그저 기다릴 뿐이었다. 그게 3월의 일이었다. 미처 제대로 친구를 만들기도 전에 나의 학교생활을 완전히 망쳐버린 거다.

'고작 옷 갈아입는 영상이 어때서?'

'요즘엔 더한 것도 많다는데…….'

'너 정도면 진짜 별거 아냐.'

아니요, 별거 아닌 것에도 쉽게 부서지던데요. 얼마나 더 심한 걸 당해야 화낼 수 있는 거죠? 끔찍하고 서러운 3월이었다. 전교생 모두가 나의 영상을 봤다고 생각했을 때였다. 한 여자애가 하는 말을 듣기 전까지.

"너 그거 봤어?"

"뭘?"

"어떤 애가 찍어서 올린 영상 말이야. 우리 학교 여자애가 체육복 갈아입는 거."

"너 그거 봤어?"

앞서와 똑같은 질문이었지만, 그 여자애는 의아한 목소리로 되물었다.

"아니, 나도 보려고 본 건 아니지만 궁금하잖아. 누군지."

"야, 그거 불법이야. 보는 것도 죄야. 퍼뜨리는 건 더 범죄고. 네가 그 영상을 봤으니까 더 잘 알겠지. 그게 합의하고 찍힌 영상인지 아닌지. 설마 그것조차 구분 못 하는 건 아니지?"

"같은 여자끼리 본 건데도?"

"당연하지. 네가 뭘 궁금해한 건지는 잘 알아. 궁금하겠지만, 클릭조차 하지 마. 모르는 애한테 그런 일이 있었다고도 말하지 마."

그 말이 끝나기 무섭게 그 애는 교탁에 나가서 큰 소리로 외쳤다.

"우리 반에서 지금 돌고 있는 영상 공유하거나 보는 사람 없지? 설마 누가 그렇게 바보 같은 짓을 하겠어, 안 그래? 그거 범죄야. 몰랐다고 말해도 소용없어. 우리 반 애들은 내가 이렇게 말해 줬으니까. 고의성 입증 제대로 되는 거라고."

그 애의 멋진 연설에도 나는 도망침을 택했다. 수많은 사람들이 별거 아니라고 했어도, 별거 아니라는 것에도 무너지는 것이 삶이었다. 영화나 드라마에 나오는 것처럼 엄청난 사건이 아니라고 해도, 내 잘못으로 벌어진 일이 아니라고 해도, 나에게는 커다란 바위 같은 일이었다. 견디기보단 부서져 도망치는 걸 택했다. 궁금해할 대상이 사라지면 진짜로 없던 일이 될 수 있으니까. 몇 번의 상담 끝에 나는 새로운 학교로, 아무도 나를 알아보지 못하는 곳으로 떠났다. 부모님이 무리를 해서라도 출입이 자유롭지 않은 아파트로 이사를 한 것도 나 때문이었다. 그때의 나는 몹시 불안해했고, 사람들이 무서웠다. 그날 이후로 최대한 맨살이 보이지 않는 옷을 입었다. 하복에도 체육복을 늘 걸쳐 입었다. 아무도 나를 보지 않았으면 했다. 혹시라도 누군가의 카메라에 내 모습이 걸릴까 걱정했다.

그 애를 전학생으로 다시 마주했을 때에는 진짜 큰일이 나는 줄 알았다. 쟤가 나를 알아보면 어떡하지 하면서 긴장했다. 그런데 예윤이는 진짜 나를 못 알아봤다. 내가 어느 반이었는지도, 내가 어떤 사건의 주인공이었는지도 몰랐다. 그게 나에게 얼마나 정말 큰 위안이었는지 예윤이는 모를 거였다. 전교생 모두가 다 봤을 거라 생각한 나의 영상을 최소한 단 한 명은 안 본 것이 확실해서, 그래서 고마웠다.

누구나 그렇잖아. 화제의 중심이 되면 누르고 싶어지잖아. 그게 나쁜 짓인 걸 알아도 화제가 됐다고 하면, 다른 애들은 다 안다고 하면 찾아보게 되잖아. 근데 진짜로 눌러 보지 않은 사람이 있다는 것만으로도 힘이 되었다. 그게 왜 힘이 되었냐고 그 이유를 물으면 정확히 답하기는 어렵다. 그냥 존재만으로도 힘이 되었으니까.

그래서 예윤이에게는 모든 것을 맞춰 주고 싶었다. 별관 앞에서 사색이 되던 모습을 보면 분명 서화고에서 무슨 일이 있었구나 싶었지만 묻지 않았다. 굳이 물을 필요가 있을까. 예윤이가 나의 영상을 보지 않았던 것처럼 나는 궁금해하지 않았다. 그저 내가 마지막으로 보았던 교탁 위의 예윤이로 기억했다. 적어도 나한테는 대단하고 멋진 사람. 그저 나의 체육복을 빌려줄 수 있어서 다행이었다.

갑자기 예윤이가 죽을 수도 있다는 것을 밝혔을 때에는 내가 반드시 그 미래를 바꿔 줘야겠다고 생각했다. 특히 해진의 일을 보며 이 일을 돕는 게 나에게는 운명적인 일처럼 다가왔다. 나 같은 사람이 더 나오지 않길 바랐으니까. 그런데 그날의 일이 내게로 부메랑처럼 돌아올지는 몰랐다. 가만두지 않겠다는 김기석의 말은 사실이었다. 김기석이 나에

대한 이야기를 찾아다니다 발견한 나의 영상은 낡지도 죽지도 않고 다시 돌아왔다. 김기석이 보내 온 문자 속 영상은 1년이 지나도, 도망쳐도 다시금 나를 그 영상 속으로 끌어들였다.

'야, 너 이런 귀한 영상을 숨겨 두고 있었냐? 서화고 애들 불렀다. 너 궁금해하더라.'

그 문자에 학교가 두려웠고, 다시 누군가의 앞에 서기가 두려웠다. 끝난 줄 알았던 고통이 시작되며 나를 옭아맸다. 시험이 끝나자마자 곧바로 집으로 향했다. 다시는 그 아이들을 만나고 싶지 않았으니까. 괜찮아졌던 내가 다시 불안해하자, 엄마는 나에게 시간이 지나면 다 해결될 거라고 했다. 괜찮아질 거라고. 그 순간 괜찮아지지 않을 것 같다는 확신이 점차 나를 집어삼켰다. 이건 내가 죽어야 끝나는구나. 이건, 내가 세상에서 사라져야 끝나. 그리고 이제야 깨달았다.

"아, 학교 옥상에서 자살하려던 애랑 같이 떨어졌대. 그래서 자살을 택할 것 같은 애들의 미래를 바꾸고 있었어. 그들이 죽지 않으면 나 역시 죽지 않을 테니까. 내가 설마 내 일기장에 나오지도 않는 애를 도우려다 죽진 않겠지 싶어서."

예윤이 말했던 일기 속 옥상에서 자살하는 아이는 나였다. 이제 예윤이는 죽지 않는다고 했었는데……. 그때 예윤이의 표정이 어땠지? 진짜로 웃고 있었던 게 맞았나. 내가 예윤이를 죽게 만들지도 모른다는 생각이 들었다.

예윤이의 미래를 바꿔 주기 위해, 나는 다른 곳에서 죽기로 했다.

- 너는 꼭 졸업할 수 있을 거야. 안녕.

이제 눈앞에 김기석이 보여 준 영상이고, 마주한 서화고 애들이고는 중요하지 않았다. 지금 도착한 수연의 문자가 더 중요했다. 나 없이 혼자 죽겠다고? 이 바보 같은 게! 꼴랑 이거 한 줄이 유서라고? 며칠 동안 써 내려간 나의 유서를 떠올렸다. *그중 한 장은 수연이를 위한 유서였다.* 나는 그래도 A4 한 장을 가득 채웠는데, 이렇게 떠나면 안 되지! 곧장 학교로 달려가려는 나를 김기석이 붙잡았다.

"어때? 재밌지?"

"이게 재밌니? 너는 스스로 네가 되게 무서운 존재라고 생각하지? 남들이 네가 하는 대로 휘둘리니까. 넌 그냥 못된 거야. 그냥 멍청한 거야. 공감 능력이 없는 거고."

"이게 진짜?"

김기석이 머리 위로 손을 올렸다. 나는 지금 전혀 무섭지가 않았다. 이렇게 보잘것없는 애인걸.

"야, 때려 봐. 너 물주먹이라 하나도 안 아프더라. 다른 애들은 아니? 너 싸움 진짜 못하는 거? 멍청한 새끼가."

내 말에 비열하게 웃던 김기석이 말했다.

"나 이 영상 하나면 걔한테 어디까지 시킬 수 있을까?"

내 눈앞에 휴대폰을 흔들던 김기석의 손에 있던 휴대폰을 내가 낚아챘다. 그리고는 도로로 던져 버렸다. 이 쓰레기 같은 새끼가. 감히. 도로 위에 놓인 휴대폰 위로 오토바이가 지나갔다. 뒤에서 김기석이 욕설을 뱉는 소리가 들렸다. 무시했다. 내가 듣지 않아도 될 소리였다. 그저 내가 달리기 하나만큼은 진짜 잘한다는 것에 감탄하면서, 아직 늦지 않았길 바라면서 무작정 학교로 향했다.

학교는 고요했다. 한창 수업 중인 모양이었다. 곧장 학교 옥상으로 향했다. 금요일에만 옥상 문을 열어 둔다고 했었지. 오늘은 금요일이었다. 벅찬 숨을 내쉬며 계단을 올랐다. 끼익 소리와 함께 옥상 문을 열었지만 아무것도 없었다. 뭐지, 옥상이 아닌가. 그럼 대체 어디로? 수연이는 분명 내가 본 미래의 일기를 똑같이 알고 있었다. 일부러 학교 옥상을 피한 거다. 그렇다면 어디로 간 거지?

괜히 옥상까지 올라왔다며 터벅터벅 계단을 내려가던 내게 수연의 한마디가 스쳤다.

'죽기 좋은 곳이라나.'

별관을 지나면 있는 곳, 학교 뒷산이 분명했다.

*

별관 앞에 섰다. 그 별관은 유독 서화고와 똑같았다. 수연이 나에게 소개해 준 후로는 거의 올 일이 없었다.

나 혼자 오지 않을 애들을 기다리던 그곳과 닮아 있는 곳. 그 앞에서 다시 한번 발이 꽁꽁 묶였다. 내 앞에는 아무것도 없는데. 이곳은 그곳이 아님에도, 버림받았다는 사실을 받아들이지 못하고 그 안에서 멍청하게 앉아 있던 내가 떠올라서 갈 수가 없었다. 사실 나는 그 미술실 밖으로 나갈 수 있었다. 일어나서 문을 열고 나가면 그뿐이었다. 나가서 바뀐 시간표가 정확히 어떤 시간인지 알아내서 움직였으면 됐다. 그럼에도 그 문 하나를 열지 못했다. 발이 꽁꽁 묶인 것처럼. 지금이었다면 달랐을까. 지금이었다면, 내가 바보처럼 굴지 않았을까. 이렇게 보이지 않는 곳에 생긴 상처도 할아버지의 말씀처럼 언젠가 메워지나. 이렇게 다치면서 크는 게 당연한 건가. 억울하다. 그런 상처가 없이 자라난 사람들도 있는데, 왜 나는 굳이 이렇게 다쳤지. 왜 그렇게 아팠지.

별관 앞에서 머뭇거리던 내 눈에 복도 끝 미술실 앞에 놓인 도자기 작품이 보였다. 분명 미술부 학생의 작품일 거였다. 색도 탁하고 아름답지 않은 그 작품이 미술실 앞 복도에 전시되어 있었다. 이유가 뭘까? 할아버지는 그때 왜 세상이 이상하다고 하셨더라. 그 뒤에 뭐라고 말씀하셨더라.

할아버지는 어린 나의 얼굴 가까이에 도자기를 갖다 대며 말했다. 그 도자기는 이웃집 아줌마가 버리고 간 것이 분명했다.

"가장 귀하고 반짝거리는 것이어도 보지 못할 수 있는 게 세상이란다."

"그게 뭐예요. 귀하고 좋은 거면 빨리 알려 줘야죠."

"그래서 세상은 이상한 거란다."

할아버지가 큰 소리로 웃으셨다. 나는 그 웃음이 이해되지 않았다. 하지만 지금의 나는 그 의미를 넌지시 알 것 같았다.

"얼마나 반짝이고 대단해질지 아무도 알 수가 없어서 숨겨 두는 것이기도 하지."

지금의 내 눈앞에 나타난 할아버지에게 뒤늦은 대답을 했다.

"그럼 미래를 알면 훨씬 좋겠네요. 그게 얼마나 반짝거리고 대단해질지 알 수 있으니까. 얼른 그 가치를 알아낼 수 있으니까."

할아버지는 여전히 정답이 아니라는 듯 고개를 저었다. 화난 표정은 아니었다.

"아니, 가치 같은 건 말이다. 미래까지 가는 과정에서 생기는 거야. 미래를 미리 안다고 해서 다 알 수 있는 게 아니더라."

"그럼 어떻게 알아요? 뭐가 좋고 나쁜지? 뭘 갖고 뭘 버려야 하는지?"

나의 목소리가 살짝 떨렸다. 할아버지는 그저 가볍게 미소 지었다. 당연한 질문이라는 듯이.

"단순해. 네가 보지 못하고 알 수 없는 건 네 것이 아니야. 지금 네가 알고, 느낄 수 있고, 보고 있는 것, 그게 가치가 있는 거란다."

"그게 무슨 뜻이에요?"

"네가 지금 내 말뜻을 이해하지 못하는 것도, 네가 그럴 때이기 때문이란다."

"제발 쉽게 말해 주면 안 되는 거예요?"

"무엇이든 뚝딱 말해 준다고 알게 되는 게 아니란다. 문제를 맞힐 필요 없어. 문제를 풀어 보는 게 더 중요하지."

문제집의 답안을 뜯어내던 엄마가 하던 말의 진짜 주인이 누구였는지 확실해지는 순간이었다. 할아버지였구나. 여전히 별관 앞에 선 나는 읊조렸다.

"지금도 충분히 쉽지 않은 걸요."

그러자 내 눈앞의 할아버지가 허허 웃었다.

"네가 보지 못하고 알 수 없는 것에 후회하지 마. 그날 그 미술실에 머물렀던 너는 몰랐잖니. 네가 그 아이들의 말을 듣지 않아도 된다는 걸. 네가 그곳에서 당당히 빠져나와도 된다는 걸. 그때의 너는 몰랐고, 지금이 되어서야 알았을 뿐이야. 내가 그랬던 것처럼, 내가 내 딸의 마음은 뒤로 한 채 휘둘렸던 것처럼 그때는 옳다고 믿었던 것들이 지금에서야 틀렸음을 알게 되었듯이 말이다."

아, 할아버지, 열두 살한테 너무 이해하기 어려운 말이었네요. 지금은 조금 알 것 같아요. 이제야 알았어요. 장례식장 모니터에 적혀 있어서 그제야 정확히 알게 되었던 할아버지의 성함, 나정환. 1964년, 일기장의 첫 번째 대출자, 정환. 그런 거죠. 할아버지도 미래를 보셨던 거죠. 그래서 그토록 엄마에게 화를 내셨나요. 그래서 엄마의 선택을 답답해하셨나요. 할아버지, 어떤 미래까지 보셨을까요? 그 일기장의 내용을 저는 영영 알 수 없겠죠. 저는 보지 못했으니까요.

*

나는 별관 앞에서 미술실 앞까지 꾸역꾸역 달렸다. 말 그대로 내달렸다. 미술실에 혼자 있던 나를, 하루 종일 그곳에서 누군가는 나를 데리러 올 거란 기대를 했던 나를 그 시절에 온전히 두었다. 그때의 나에겐 그게 최선이었지. 지금의 나에게는 이게 최선이야.

미술실 앞, 학교 뒷산으로 향하는 철문이 살짝 열려 있었다. 수연이 말해 준 그대로였다. 보이지 않는 것이 수연의 목을 쥐고 흔들고 있었다. 그대로 둘 순 없었다. 철문을 밀고서 수연이 있을 학교 뒷산 위로 올라갔다. 숨이 턱턱 막혔다. 평화로웠던 오전은 이미 지나간 지 오래다. 한참을 올랐을까. 뒷산 중턱에 수연이 홀로 서 있었다. 동네를 내려다보면서.

"야, 김수연!"

내 목소리에 놀라 수연이 뒤돌아봤다. 수연의 눈이 휘둥그레지며 커졌다.

"어떻게 왔어?"

"일기에 적혀 있던 대로 널 구하러 왔어."

"뭐?"

뒷산을 오르는 내내 생각했다. 왜 수연이는 그 후보에

넣지 않았을까. 티를 내지 않아서, 항상 웃고 있던 수연이는 아무 일도 없었을 거라고 막연하게 판단해서, 어떤 일에도 한결같이 멀쩡할 거라고 믿어서, 그런 생각들로 수연이가 항상 말하던 것들을 놓치고 있었다. 항상 긴팔 외투를 걸치던 습관도, 보이지 않는 것이 더 무섭다는 말도, 당해도 괜찮은 사람은 없다는 말도, 다른 사람들의 카메라에 찍힐까 걱정하던 모습도, 기석의 카메라를 산산조각 내던 그날도, 이따금 내가 듣고 싶었던 말을 건네던 수연의 속내도 나는 조금도 헤아리지 못했다. 네가 내게 건넨 그 말들은 결국 너도 듣고 싶었던 말이었잖아.

"내가 오늘의 미래를 보게 된 건 널 구하란 뜻이었을 거야. 내가 이 학교 뒷산을 오르면서 계속 생각했거든. 대체 미래를 바꿀 수 있다는 게 뭘까. 어떤 건 그대로 있고, 어떤 건 변한대로 흘러갈까. 내가 바꾼 건 사건뿐이었어. 결과적으로 그대로였던 건, 사람들이었어."

내 말을 들은 수연이 소리쳤다.

"미쳤어, 어디라고 여길 와!"

수연이 잔뜩 붉어진 눈으로 나를 바라봤다. 나는 꿋꿋하게 말을 이었다. 지금 말하지 않으면 후회할 일이었다.

"사람들, 인연 말이야. 사건을 바꾼다고 해도 바뀌지 않았던 게 있었다고 했잖아. 내가 말하지 않았나? 전학 첫날

내 셔츠에 커피가 쏟아지거나 하는 건 중요한 게 아니었어. 너의 체육복을 입고, 너와 친해질 운명이었던 거야."

나는 뒷산 절벽 끄트머리에 서 있던 수연에게 손을 내밀었다.

"그러니까 오늘 절벽에 내몰린 너를 살리라는 의미였던 거지. 살자, 우리. 같이 살자!"

내가 입꼬리를 올리며 건넨 말에도, 수연은 같이 웃어주지 않았다. 그저 체념한 표정으로 날 바라봤다.

"난 이제 지쳤어. 넌 내가 그 영상을 지우려고 얼마나 애썼는지 알아? 이런 건 내가 죽어야 끝나."

수연의 단호한 말에 나는 화장실 거울 속 나를 겹쳐 봤다. 작년까지 살았던 집에서 나는.

"나는 이미 한 번 너처럼 죽음을 결심했었어."

"뭐?"

내가 숨겨 둔 사그마한 그날의 이야기. 별 얘기도 아니고, 어쩌면 가장 흔한 이야기. 학교에서 따돌림을 당하던 날들 사이에 나는 가느다란 칼날로 스스로를 그었다. 거울 앞에 선 나는 주저하지 않았다. 그 아픔, 짜릿한 고통 그리고 이제는 다 끝났다 싶은 평온. 텅 빈 집 화장실에서 빨리 발견될 수 있었던 건, 회식 중이던 엄마가 탈이 나서 평소보다 일찍 집에 돌아왔기 때문이었다. 엄마는 그날부터 나를 혼자 두지 않았다. 화장실 문은 그날 뒤로 잠겨 있었다. 엄마는 새집으로 이사 올 때까지 다시는 그 화장실을 쓰지 않았다.

병원에서 눈을 떴을 때, 엄마는 나에게 말했다.
"엄마가 몰라서 미안해."
그날 엄마의 속 깊은 울음을 처음 들었다. 그 울음소리를 듣자마자 정신이 번뜩하고 들었다. 내가 죽으면 안 되겠다. 이 울음소리가 나의 가슴을 갈기갈기 찢겠구나 싶었다. 그래, 살아야겠다. 엄마는 그때부터 나에게 좋은 일이라면 최선을 다해 권유했다. 상담을 거부한 나에게 엄마는 대신 일기를 매일 써 보라고 제안했다. 강제는 하지 않되 권유하고, 최대한 혼자 있는 시간을 없게 하려고 했고, 밥을 꼭 같이 먹기로 했고, 회사에서도 근무 시간을 줄이기로 했다. 이건 엄마가 나에게 하는 일종의 사과였다.

그리고 네가 무슨 짓을 해도 미워하지 않겠다는, 나에게 너는 미운 사람이 될 수 없다는, 반드시 새롭게 시작할 수 있다는, 엄마가 나에게 보내는 응원이었다.
"나는 죽음을 결심하고 나서야 깨달았거든. 아직 더 살고 싶다고. 나는 네가 기억하는 것처럼 당당하고 멋진 사람이 아니었어. 근데 누구나 그렇잖아. 누구나 완벽할 수 없잖아. 응? 내 손을 잡아. 거기서 내려오자."

나를 보던 수연이 눈물을 흘렸다.

"내가 겪었던 모든 일이 영영 끝나지 않으면 어떡해? 그러면 나는 평생 벗어나지 못하고 매번 불안할 거야. 이렇게 또 다시 반복되잖아. 달라진 게 없잖아."

"네가 왜 달라진 게 없어? 네가 날 도와줬잖아. 아현이도, 혜지도, 해진이도 네가 도와줬잖아. 네가 바꿨잖아. 이 세상에 당해도 되는 사람은 없다며."

내가 한 발 더 가까이 갔다. 천천히 수연이 서 있던 절벽 끝으로 다가갔다. 수연의 손을 잡았다. 그제야 수연이 숨을 천천히 내쉬었다. 잔뜩 눈물을 쏟아 낸 우리 사이로 공기가 차분해졌다. 다행이다. 이제 끝났어.

우지끈― 세상은 역시 예상한 대로 흘러가지 않았다.

우리는 일기장 속 장면처럼 아래로, 아래로, 더 아래로 떨어졌다.

9장

낙하

소독약 냄새와 함께 눈을 떴다. 온몸이 얼얼했다. 대체 무슨 일이 있었던 거지. 그래, 한마디로 낙하했다. 절벽 아래로. 다리가 저릿한 게 부러진 듯했다. 팔뚝이 쓰라렸다. 그래도 신기한 건 내가 숨을 쉬고 있다는 거였다. 살아 있다는 거였다. 나의 미래가, 나의 결말이 바뀌었다.

내 옆에 앉아 있던 엄마가 나와 눈을 맞췄다. 엄마를 또 울려 버리고 말았다. 그래도 이번에는 누군가를 살리려고 그런 거예요, 진짜. 나쁜 생각이 아니었다고요. 나의 말이 들리기라도 하는지 엄마가 말했다.

"잘했어. 우리 딸."

눈을 뜬 것 자체가 엄마에게 잘한 일이 되었다. 엄마는 의사를 불러오겠다며 자리를 떴다. 서서히 돌아오는 의식에 이곳이 응급실임을 깨달았다. 어렴풋이 티브이 소리가 들렸다. 최근 쏟아진 폭우로 약해진 토사들이 산사태가 되어 쏟아졌다는 내용의 뉴스였다. 산사태에 두 명의 여고생이 휩쓸렸다고, 그랬다. 기말고사를 치던 내내 폭우가 내렸다. 붉은 비는 내 시험지에만 내리던 게 아니었다. 그나저나 수연이는 어디에 있지. 그 물음을 끝으로 나는 다시 잠들었다. 내가 죽을지도 모른다는 사실을 알게 된 이후로, 처음으로 꿈도 없이 푹 잤다.

*
*

 수연은 나의 옆방 입원실에 누워 있다. 불행 중 다행으로 우리는 꽤 크게 다쳤지만, 죽지는 않았다. 절벽에서 떨어질 때 절벽 아래에 있던 나무들에 부딪히며 충격이 준 듯하다고 했다. 이것 봐, 네가 날 구했잖아. 네가 학교 옥상이 아니라 학교 뒷산에 서 있어서. 나는 대답 없는 수연을 내려다봤다. 나는 왼발에 깁스를 하고 몇 곳에 찰과상을 입은 게 다였지만, 수연은 아직도 의식이 돌아오지 않았다. 벌써 3일째였다.

 엄마는 나와 수연이 나란히 입원해 있는 동안, 수연의 엄마를 통해 수연이 겪었던 일을 알게 되었다. 엄마는 그 해 학생을 호되게 가르쳐야겠다고 말했다. 분명 수연이 보면 좋아할 일이었다. 우리 엄마는 수연이 그토록 칭찬했던 그 변호사 나이선이었으니까.

사실 엄마는 내놓으라 하는 국내 대기업들의 소송 중심에 서 있는 사람이었다. 의뢰 기업 입장에서는 제일가는 파수꾼이었고, 상대 기업 입장에서는 솜씨 좋은 사냥꾼이었다. 그런 엄마가 돈도 안 되는 10대 청소년 사건을 맡게 된 것은 모두 다 내 탓이었다. 그중에 하나가 수연이 걱정하던 교내 성추행 사건이었다. 엄마는 그 사건을 해결하기 위해 같은 경험을 한 학생들을 찾아다녔다. 까다로운 일이었다. 시간은 많이 지났고, 이미 남 일이 되어 버린 그 사건을 수면 위로 끌어올려 다 나은 자신의 상처를 다시 찢어 보이는 것은 쉽지 않은 일이었다. 그 무렵 엄마는 자주 지쳐 있었다. 한번은 늦게 퇴근하고 돌아온 엄마에게 담당 사건들을 바꾼 것을 후회하지 않냐고 물었다. 엄마는 한 치의 망설임 없이 말했다.

"중요하지 않은 사건은 없어. 그러니 도움이 필요하면 언제든지 엄마에게 말해 줘. 내가 널 도울 수 있게."

그렇게 엄마는 증인들을 찾아냈고, 소송에서 승리했다. 엄마는 수연의 엄마에게도 호언장담했다. 승소율 90퍼센트를 자랑하는 국내 최고의 로펌 파트너 변호사가 고소를 얼마나 잘하는지 보여 주겠다고 말이다. 수연의 엄마는 눈물을 흘렸다.

"수연이에게는 그저 시간이 지나면 괜찮을 거라고 말해 왔어요. 전 그게 최선이라고 생각했으니까."

"누구나 그렇죠. 매 순간 정답을 정확하게 아는 사람이 몇이나 될까요."

엄마들끼리 뭉쳐 빠른 고소 준비에 여념이 없을 때, 나는 바로 옆방의 입원실로 수연을 찾아갔다. 혼자 침대에 누워 있는 것보다, 목발을 짚고 경중경중 옆방으로 건너가 나름 떠드는 느낌이라도 내는 게 좋았다.

의사 선생님께서는 수연이 그저 잠들어 있는 거라 했다. 나와는 달리 머리 쪽을 부딪치긴 했지만, 부상 정도가 크진 않다고 했다. 잠에서 깨면 분명 괜찮을 거라고 말이다. 알고 보니 수연은 오랫동안 불면증을 앓았다고 했다. 한 번도 묻지 않았고, 말하지 않아서 몰랐다. 이제와 생각해 보니 서로 아는 것보다 모르는 것이 훨씬 많았다. 나와는 달리 오른팔이 부러진 수연은 깁스를 하고 가만히 누워 있었다.

"일어나야지. 어서."

나의 목소리가 들리지 않는 듯 수연은 어떠한 반응도 없었다.

*

　방학했다는 소식과 함께 아현과 혜지가 찾아왔다. 어울리지 않는 조합이었지만, 왠지 그 둘이라면 찾아올 것 같았다. 같이 올 거라고는 예상하지 못했다. 애들의 말에 따르면, 학교가 완전히 뒤집어졌다고 했다. 별관의 문은 영영 닫혔고, 다음 학기가 시작하자마자 김기석의 처분을 다룰 학교 폭력 위원회가 열릴 것 같다고 했다. 이건 모두 엄마의 공이 컸다. 해진은 기말고사 이후로 학교에 나오지 않더니, 담임 선생님과도 연락이 뚝 끊겼다고 했다. 그렇게 한참 학교 이야기를 하던 애들을 보며 꽤나 소란스러운 조합이라는 걸 깨달았다. 맞다. 나는 아직 이 애들이 어떤 애들인지 잘 알지 못했다.
　"얼른 나아. 건강이 최고다."
　"맞아, 맛있는 거 먹으러 가자."
　흥겹게 떠들던 애들의 목소리가 오래도록 귓가에 남았다. 내가 죽을지도 모른다는 것을 알기 전까지 한 번도 제대로 대화해 본 적이 없던 애들이었다. 알아보려고 시도조차 하지 않았다. 그럼에도 누구보다 평범하고 편한 대화를 나누었다. 잘 알지도 못하면서 선을 그은 건 내 쪽이었다. 그때의 나는 나를 지키기에 바빠 이 아이들을 제대로 볼 여유가 없었다. 이제야 보였다. 별반 다를 것 없는, 나와 똑같은 그저 고등학교 2학년 학생일 뿐인데.

다음으로 문병을 온 사람은 담임 선생님이었다. 선생님은 엄청나게 화려한 꽃다발을 품에 들고 병실로 찾아왔다. 병실에 꽃향기가 가득했다.

"마음은 어때? 괜찮니?"

"방학인데 왜 오셨어요?"

"당연히 와야지. 내가 너희 담임 선생님인데, 이번엔 어딘지 알려 줘서 고맙다."

담임 선생님의 꽃다발은 여러 꽃이 섞인 덕인지 한 번도 맡아 본 적 없던 아름다운 향기가 났다. 나는 꽃다발을 품에 안았다. 선생님은 받아 줘서 고맙다고 말했다. 별걸 다 고마워하는 멋진 선생님. 선생님은 수연에게 줄 꽃도 함께 사 오셨는데, 내가 대신 수연의 침대맡에 꽃다발을 꽂았다. 이 꽃들이 모두 지기 전에 얼른 눈을 떠서 보면 좋겠는데…….

절벽에서 떨어진 후, 2주 가까이 지났을 무렵 수연이 눈을 떴다. 아직 꽃이 완전히 시들기 전에, 간절히 바라던 기도가 통했던 그날, 나는 일어난 수연을 안아 줬다. 항상 안아 주는 건 수연의 몫이었는데, 이번에는 내 차례였다.

깊은 잠에서 깨어나 줘서 고마워.

*

그렇게 여름방학을 병원에서 시작한 나와 수연은 병원이 가진 고질적인 고요함에 지루해했다. 하지만 다리가 부러진 사람과 팔이 부러진 사람이 갈 수 있는 곳은 거의 없었다. 나갈 수 있는 곳이라면 고작 병원의 옥상 정원 정도. 한 번은 휠체어에 탄 나를 수연이 다치지 않은 왼팔로 밀어 주며 올라갔었는데, 비틀거릴 때마다 내 심장도 같이 크게 두근거렸다. 그렇다고 목발을 짚고 다니기엔 먼 거리를 다닐 수 없었다. 한 5미터 정도 갔을까. 그때마다 꼭 쉬어 줘야 했다. 수연은 나의 속도에 맞춰 천천히 걸었다. 그래도 병원 밖 외출은 불가능했다. 그래도 다치고 나서야 수연과는 속을 다놓고 이야기할 수 있었다. 역시 바뀌지 않는 건 '너와 친해지는 미래'였다.

"신기하다."

"뭐가?"

"살아 있는 게."

"훨씬 낫지? 괜찮지?"

"괜찮을까?"

"당연하지!"

수연은 모르겠지만, 그날을 지나온 나의 병원 생활에는 늘 기쁨이 함께였다. 내 손으로 바꾼 미래의 순간들이 눈앞에 있었으니까. 나도 살고, 너도 살고 있으니까. 그건 말로 표현할 수 없는 뿌듯함이었다.

병원에 갇혀 있는 동안 수연에게도 나름의 기쁨이 있었는데, 바로 우리 엄마 '나이선 변호사'의 존재였다. 내가 생각했던 것 이상으로 수연은 그 재판 인터뷰를 보고 우리 엄마의 완벽한 팬이 되어 있었다. 수연은 병원에 엄마가 올 때면 옷차림부터 단정하게 하고 기다렸다. 엄마는 수연에게 웃어 주며 수연이 겪었던 사건에 대해 물었다. 수연을 오래도록 괴롭히던 문제를 해결하기 위함이었다.

"끝나지 않는 사건이란 건 없어. 네가 끌어안고 있던 사건을 놓게 해 줄게."

엄마는 증거들을 모으고, 완벽한 학교 폭력 위원회와 재판을 준비했다. 승소율 90퍼센트의 변호사가 우리 엄마 아닌가. 이번 사건에서 한 가지 부족한 점이라면, 증인이었다. 김기석이 수연을 영상으로 협박했던 것처럼, 그 협박을 지속적으로 받아 왔고, 그것이 얼마나 실질적인 위협으로 다가온다는 것을 말해 줄 수 있는 사람이 필요했다.

"기석이라는 애한테 당한 애가 한 명 더 있다고 그랬지. 그 애의 진술이 필요해. 근데 그 애가 나랑은 만나기 싫다고 그러네. 혹시 너희가 직접 설득해 볼 수 있겠니?"

나는 새삼 내가 해진의 연락처조차 모른다는 것을 깨달았다. 그리고는 곧장 혜지에게 해진의 연락처를 부탁했다. 왜 모르는 게 없는가 싶었지만, 혜지는 곧장 해진의 연락처를 보내 줬다. 연락이 될지는 정확히 모르겠다는 말과 함께. 제대로 문자도, 통화도, 대화도 해 본 적 없는 사이, 그렇지만 지금 가장 우리 편에 서 줬으면 하는 사이.

당연히 해진은 나의 전화를 받지 않았다.

- 하고 싶은 말이 있어. 그런데 내가 다리를 다쳤지 뭐야. 혹시 세연병원으로 병문안 올래?

내가 보낸 문자에 수연은 의아한 표정을 지었다.

"이게 최선이었어?"

"당연허지! 단도직입적으로 말해야 한다고. 우리는 당장 그 아이를 만나야 하잖아."

하지만 해진은 답장도 없었고, 병원에 오지도 않았다. 다음엔 수연이 해진에게 문자를 보냈다.

- 진심으로 부탁할게. 우리와 한번 만나서 이야기해 줄 수 있을까?

수연의 친절한 메시지에도 해진은 답장도, 병문안 의사

도 주지 않았다.

나는 이제 전략을 바꿨다. 예약 문자를 걸어 놓고 매시간 해진에게 문자했다.

- 세연병원, 무조건 오길 바람.
- 세연병원, 오지 않으면 멈추지 않음.

마치 오래전에 사용했다는 전보처럼 짧고 간결하게, 매우 자주!

그렇게 며칠이 흘렀을까. 해진이 드디어 병원에 찾아왔다. 다리를 다친 나를 위해 수연이 내 병실 쪽으로 와 주었다. 우리는 잔뜩 긴장하는 마음으로 해진을 바라보았다. 검정 청바지에 검은 반소매, 이전보다 짙게 그을린 피부, 팔뚝 이곳저곳엔 상처가 있었다. 해진의 첫마디는 간단했다.

"문자 그만 보내."

나는 그 말에 알겠다고 웃으며 예약 메시지로 보내 두었던 문자들을 지웠다. 몇 개는 남았을 지도 모르겠다. 그걸 받는 건 여태 연락을 모조리 무시해 온 해진의 몫이다.

"아니 대체 왜 나보고 오라는 건데, 우리가 친해?"

오랜만에 본 해진은 잔뜩 화를 내고 있었다. 그 모습에 나는 울컥했다. 지금 너를 도와주다가 수연이 사건까지 수면 위로 올라왔는데, 어떻게 그렇게 남 일처럼.

"너 진짜 뻔뻔하다. 우리가 널 도와줬는데 어쩜 그렇게 말하니."

"난 도와 달라고 한 적 없어."

"내가 보기엔 도움이 필요했어. 내가 보기엔 그게 장난이 아니었고. 그러니까 너도 우리를 좀 도와줬으면 좋겠어. 김기석에 대한 진술을 부탁해."

"내가 왜?"

해진은 그게 용건의 다라면 그만 가 보겠다고 병실 밖을 나섰다. 이렇게 보낼 수는 없는데! 아직 다리가 불편한 나 대신 수연이 달려가 해진을 붙잡았다.

"진심으로 부탁할게. 나는 네가 어떤 세상을 살아 왔는지 몰라. 그래서 내 말대로 다 해 달라고 말할 수는 없을 거야. 네가 말한 대로 우리가 한 행동이 원하지 않는 도움이었을 수 있으니까. 그렇지만 지금 내가 사는 세상엔 네 도움이 필요해."

해진의 걸음이 잠시 멈췄다. 수연은 해진의 등 뒤에 서서 차분히 말을 이었다.

"끝나지 않을 것 같은 고통을 끊어 내려면, 그래서 지금과 완전히 다른 새로운 세상으로 가려면, 네 진술이 꼭 필요해. 너도 그러고 싶지 않아? 네가 당연하다고 여기던 것들에서 벗어나고 싶지 않아? 나는 그러고 싶어졌어. 내가 겪은 일이 반복되는 걸 당연하다고 여기고 싶지 않아."

수연의 말을 듣던 해진이 뒤돌아서며 수연이 간신히 붙잡고 있던 소매를 털어내듯 뿌리쳤다.

"그게 왜 당연하면 안 되는데, 난 원래부터 그런 게 당연하게 살았어. 너야 이런 일이 서럽고 무서운 일이겠지. 한 번도 겪어 본 적 없는 일일 테니까! 이렇게 큰 병원에서 나란히 1인실 쓰고 있는 것부터가 너희랑 나랑 다른 거야. 쟤도 엄마가 변호사라며, 너네 되게 편해 보여. 말 그대로 내가 너한테 필요한 거면 돈이라도 주던가."

해진의 호통에 병원 복도에 있던 모두가 수연을 바라봤다. 수연이 가장 싫어하는 상황이었다. 나는 황급히 침대 옆에 걸쳐 둔 목발을 짚고 껑충껑충 그쪽으로 향했다. 수연이 싫어할 텐데……. 내가 닿기 전에 수연의 목소리가 복도 위에 울렸다. 새삼 단단하고 단호한 목소리였다.

"돈? 너 그거면 움직이는 거야? 그런 거면 너무 쉬운 방법이지. 근데 우리가 그 방법을 쓰지 않은 건 너를 또 돈 때문에 좌지우지하고 싶지 않았기 때문이야. 너를 그 새끼랑 똑같이 대하고 싶지 않아서라고!"

머리부터 발끝까지 꼿꼿이 서 있는 수연의 뒷모습과 달리, 수연을 바라보는 해진의 표정이 일순간 일그러져 보였다.

"네가 왜 학교를 그만둬야 하는데! 내가 왜 무서워해야 하는데! 네가 생각해도 이상하지? 말도 안 되잖아. 계속 그게 정상처럼 보이는 세상에서 살 거야? 난 네가 도와주지 않더라도 그렇게 살지 않을 생각이야. 이제 선택은 네 몫이야."

수연이 뒤돌아 나를 향해 다가왔다. 해진은 병원 복도에 우뚝 서서 나에게 돌아오는 수연의 뒷모습을 계속 바라보았다. 수연이 나를 데리고 병실에 들어온 뒤에야 가만히 서 있던 자리를 떠났다. 이번엔 병실 안의 우리가 한참 해진의 뒷모습을 바라보았다. 우리의 진심이 가닿았길 바라며, 해진이 우리의 편이 되어 말해 주는 모습을 상상했다.

"그 애가 와 줬더라."

며칠이 지났을까. 우리의 바람이 현실이 되었다. 우리는 정확히 알 수 없을 해진의 무언가가 바뀐 듯했다. 엄마가 나에게 작게 속삭이며 물었다.

"어떻게 했어?"

"도와 달라고 했어."

"잘했어."

**

마침내 퇴원하는 날이었다. 이제 나아질 날만 남았다는 뜻이었다. 병원에서의 짐을 정리하고 빈 병실을 보며 수연이 물었다.

"우리 졸업하는지 일기에 날짜 적어 볼까?"

나는 고개를 저었다.

"미래를 미리 아는 거 굉장히 피곤한 일인 것 같아. 나는 내 인생이 책처럼 결말을 모두 알면 괜찮을 줄 알았는데, 아닌 것 같아. 그냥 이렇게 됐으면 좋겠다는 마음으로 결말을 상상하는 게 훨씬 재밌겠어. 어차피 미래는 바뀌잖아. 이렇게!"

수연이 고개를 크게 끄덕이며 내 손을 잡았다. 그래, 어떻게 될지는 몰라도 일단 가 보자. 자고로 주인공이란 고난과 역경을 겪는 사람이 아닌가. 다치고 아파도 결국 그것이 마주할 일이라면 도망가지 말고 부딪쳐 보자.

우리의 결말은 반드시 우리가 원하는 방식으로 바꿀 수 있으니까.

10장

우리가 선택한 결말

오랜만에 학교로 돌아갔을 때는 2학기가 시작한 지 얼마 지나지 않았을 때였다. 아직 나나 수연이 완전히 나은 건 아니었지만, 방학은 끝났고 퇴원도 했으니 아프다는 핑계로 등교를 미룰 수는 없었다. 우리를 마중 나온 아현과 혜지가 교실 문을 열어 줬다. 마치 전학 첫날처럼 마음이 떨렸다. 수연과 나란히 서서 서로를 바라봤다. 한 명은 다리가 부러지고, 한 명은 팔이 부러졌으니 얼마나 우스운 상황인가.

"괜찮겠지?"

"당연하지!"

교실 문이 열리고 아이들은 돌아온 나와 수연을 향해 환영의 박수를 쳐 줬다. 이번엔 뒷문 앞 빈자리도 채워져 있었다.

순식간에 2학기의 절반이 흘러갔다. 이리저리 또 선생님들에게 불려 다니고, 병원에 가서 뼈가 붙는지를 보고, 시험을 보고 나니, 우리 학교의 가장 큰 행사라는 가을 축제가 성큼 다가와 있었다. 가을 축제가 일주일 남았을 무렵, 나와 수연 역시 깁스를 완전히 풀 수 있었다. 아이들은 하나둘 들떴고, 그중 제일은 지민이었다. 가을 축제의 기획 총괄이 지민이었으니까.

지민은 해진과 함께 김기석이 하려고 했던 일에 대해 진술해 준 또 다른 증인이었다. 놀랍게도 지민은 자신이 증언했다는 말을 나와 수연에게도 하지 않았다. 당연히 떠벌릴 줄 알았는데, 그것 역시 나의 착각이었던 모양이다. 지민은 엄마에게 자신이 증언했다는 말은 절대 하지 말아 달라고 부탁했다고 한다. 엄마가 말해 주지 않았어도, 증거 자료에서 진술 녹취록을 읽자마자 지민인 것을 바로 알아챘지만 말이다.

어쨌든 그 이후로 지나간 일은 지나간 일이 되어 다시 평범한 일상으로 돌아왔다. 다가올 가을 축제만이 아이들을 설레게 하고 있었다.

가을 축제 당일, 지민이 기획했을 '전교생 학교 탈출 미션'은 상상 이상으로 어려웠다. 학교의 역사는 물론이고, 건

물들의 구조와 고전 문학 속 문장이 단서가 되기도 했다. 하지만 우리에게는 혜지의 진선고 가이드가 있었다. 그리고 문학은 나와 수연이 자신 있는 분야였다. 우리는 점차 미션에 몰입했다. 단서를 풀어 장소에 도착하면, 다음 장소로 갈 수 있는 단서를 알려 주는 QR코드가 있었다. 지민이 오랫동안 준비해 온, 애교심이 느껴지는 미션이었다. 그렇게 2시간쯤 지났을까. 나와 수연이 1등으로 미션을 해결해서 최종 집결 장소에 도착했다. 마지막은 학교 도서관이었다.

학교 도서관의 가장 깊은 서가의 가장 낮은 곳에 붙어 있는 QR코드를 찍으며 나와 수연은 희열을 느꼈다. 그날만큼은 사서 선생님도 우리의 소란스러운 만세 소리를 뭐라 하지 않았다. 그리고 그 순간, 수연은 뭔가 깨달은 듯 말했다.

"아! 어디서 봤었는지 기억났어!"

"뭐가?"

"그 도서관 대출증!"

"응?"

"일기장에 껴 있던 도서관 대출증에 기호가 있었잖아. 도장처럼 보이는 거."

"나는 그런 게 있는지도 몰랐는데……."

수연은 자신이 도서부라고 하지 않았냐며, 자신이 챙겨 뒀던 것이 떠올랐다고 했다. 서가에서 가장 오래된 도서를 펼친 수연은 맨 뒤에 끼워져 있는 도서관 대출증을 보여 줬다.

"내가 말한 적이 있었지. 이 도서관에는 원래 되게 오래된 책이 많다고. 이전 도서관에 있던 책들이 아직 관리되고 있거든. 여기 봐. 이 대출증에 찍혀 있는 인장이랑 똑같지? 그 일기장이 원래 여기 도서관에 있던 건가 봐."

나와 수연의 시선이 교차했다. 나는 수연이 건넨 도서관 대출증을 만져 보았다. 이곳이 그 일기장이 있어야 하는 곳이라는 뜻인가. 잠시 생각에 빠진 우리를 부른 건 사서 선생님이었다.

"너희 마지막 미션 선물 안 받아가?"

올해 미션의 선물은 '옥상 출입권'이었는데, 종이에 적힌 그 글자를 읽자마자 우리는 실망할 수밖에 없었다. 작년엔 폴라로이드 사진기였다며! 툴툴거렸지만, 옥상 위에는 이미 지민이 들뜬 표정으로 아이들이 도착하기를 기다리고 있었다. 우리는 옥상 한쪽에 마련된 의자에 앉아 기다렸다. 난간에는 절대 기대면 안 된다는 빨간 테이프가 붙어 있었다. 왠지 그 규칙을 만들어 낸 게 우리 같아서 머쓱했다.

노을이 질 무렵 학교 운동장에서 불꽃이 피어올랐다. 이건 지민이 올해 새롭게 만든 필살기였다. 옥상은 아름다운 불꽃놀이를 볼 수 있는 명당이었다. 지민이 작게 말했다.

"나는 우리 학교에 불꽃놀이 명소가 있다고 소문이 나

면 좋겠어서."

아마도 뉴스를 장식한 뒷산보다 새로운 명소를 만들고 싶었던 모양이었다. 새롭게 다시 시작할 수 있게. 지민이 준비한 불꽃놀이는 진심으로 아름다웠다. 피융— 반짝이며 터지는 불꽃들을 보며 나는 아직 정리하지 못한 일기장을 떠올렸다. 그래, 내가 할 게 하나 더 남아 있었지.

*

오랜만이었다. 일기장을 펼치는 건 그날의 낙하 이후 처음이었다. 텅 빈, 아직 아무것도 쓰이지 않은 일기장. 나는 일기장에 날짜를 적는 대신 맨 뒤를 펼쳤다. 그곳에 있는 낡은 도서관 대출증. 1964년 '정환政歡'에 이어서, 2018년 '이李', 그리고 나. 나는 대출증에 자신의 성씨를 한자로 적어놓은 사람의 아래에 내 이름을 적었다. 한글로 '나'라고.

아주 멋진 책이었고, 이제는 반납해야 할 차례였다. 수연이 도서부로서 반납과 대출을 담당하는 날을 일부러 골라서 갔다. 수연은 내가 반납하겠다며 내민 일기장을 들고, 나와 함께 가장 오래된 도서들을 관리하는 서가로 향했다. 나는 눈을 감고 수연에게 얼른 꽂아 넣으라고 말했다. 수연이 물었다.

"이 일기장이 다시 필요할 일이 있을 수도 있잖아. 정말 괜찮겠어?"

"응, 이제는 정말 괜찮아."

나는 눈을 감았고, 수연은 자신도 모르겠다며 어느 빈 곳에 일기장을 찔러 넣었다. 그렇게 안녕이었다.

며칠이 지났을까. 수연이 나에게 말했다.

"일기장이 사라졌어."

"응?"

"일기장이 사라졌다고!"

"너도 모르는 곳에 뒀다며."

수연이 멋쩍은 듯 뒷머리를 긁었다.

"아니, 그래도 나는 서가에 직접 꽂았으니까 대강은 알 수밖에 없잖아. 근데 사라졌더라고. 어디로 갔을까?"

"글쎄다. 너도 그냥 잊어버려."

누가 가져갔을까. 일기장은 새로운 주인을 찾아 사라졌다. 이전부터 늘 그래왔던 것처럼 자신이 필요한 곳으로.

작가의 말

'삶이 한 권의 책과 같아서, 지금 내가 한 선택의 결과를 미리 펼쳐 볼 수만 있다면!'이라는 상상을 종종 했습니다. 어쩌면 바보 같을지도 모르겠지만, 그런 경험이 한 번쯤 있지 않나요? 매 순간 정답을 찍어 낼 수는 없으니까요. 반쯤은 불안하고, 반쯤은 기대하는 그런 선택의 순간들을 마주하며, 이번 소설 《미래가 보이는 일기장》을 시작했습니다.

이 이야기는 꽤나 오래전부터 제 노트북 속에 잠들어 있었습니다. 원래는 성인이 주인공인 이야기였으나, 청소년문학을 써 보면 어떻겠냐는 편집자님의 제안에 주인공을 모조리 바꾸고, 이야기의 줄기도 크게 바꿨죠. 그 제안으로 훨씬 능동적인 이야기로 탄생할 수 있었던 것 같습니다. 좀 더 겁 없이 달릴 수 있는 주인공의 이야기로요.

다만 지금의 제 나이와 점점 멀어진 현재의 아이들을

그리며 나는 그들을 충분히 이해하고 있는가 고민했습니다. 요즘 아이들은 나와는 다를 텐데…… 생각하며, 학교 선생님이 된 친구들에게 묻기도 했습니다. 하지만 제가 지나온 과거의 시간은 여전히 유효하다는 결론에 가닿았습니다. 요즘 아이들이라고 표현하지만, 어쨌든 그 시기에 겪는 어떠한 불안, 더 나은 내가 되고 싶고, 인정받고 싶은, 주류가 되고 싶은, 아직은 확실한 것이 없는 감정들은 그대로일 테니까요. 그리고 그런 감정은 지금의 제게도 유효합니다.

그래서 특히나 이 소설을 쓰는 내내, 제가 지나온 과거에서 느꼈던 감정과 경험의 순간을 녹이며 제 학창 시절을 수없이 떠올렸습니다. 어느 날은 과거의 저를 떠올리며 지금의 제가 낫다고 생각했고, 어느 날은 지금의 저보다 용감했던 과거의 저를 보기도 했습니다. 20대에 쓰기 시작해서 30대에 마무리하게 된 이번 소설의 끝에서, 예윤, 수연과 함께 2학년 5반에 1년 동안 출석하는 사이 저 역시 성장한 기분입니다.

덧붙여, 최근 뉴스를 보면서 이번 소설 속에서 다루는 사건들이 다소 가볍게 느껴질지도 모른다는 생각이 들기도 했습니다. 그러나 사건의 무게와 상관없이 부서지는 마음에 대한 이야기를 하고 싶었습니다. 현실에서는 더 끔찍하고 심각한 사건들이 벌어지지만, 뉴스에 나오는 사건이 아니더라도 부서지는 마음이 있으니까요. 그리고 그렇게 무거운 사건이 아니더라도, 마음이 부서졌다면 힘든 것이 맞다고 말해 주고 싶었습니다. 그러니 말해도 좋다고요. 지금 힘들다고, 도와 달라고 말이죠.

내가 알 수 없을 미래가 아닌, 지금 이 순간을 마주 보기로 한 예윤의 선택처럼, 독자분들께도 더할 나위 없이 완벽한 결말이 찾아오길 바라며 《미래가 보이는 일기장》이 나오기까지 애써 주신 모든 분들과 응원해 준 가족들에게 감사 인사를 드립니다.

2학년 5반을 졸업하는 마음으로
고혜원 드림

미래가 보이는 일기장

초판 1쇄 발행 2025년 10월 22일
초판 5쇄 발행 2025년 12월 12일

지은이 고혜원
펴낸이 이경희

펴낸곳 빅피시
출판등록 2021년 4월 6일 제2021-000115호
주소 서울시 마포구 월드컵북로 402, KGIT 19층 1906호

ⓒ 고혜원, 2025
ISBN 979-11-94033-72-1 43810

- 인쇄·제작 및 유통상의 파본 도서는 구입하신 서점에서 바꿔드립니다.
- 이 책의 전부 또는 일부 내용을 재사용하려면 반드시 사전에 저작권자와 빅피시의 서면 동의를 받아야 합니다.
- 빅피시는 여러분의 소중한 원고를 기다립니다. bigfish@thebigfish.kr